ROBERTO BOLAÑO

Estrella distante

Roberto Bolaño nació en Santiago, Chile, en 1953. Pasó gran parte de su vida en México y en España, donde murió a la edad de cincuenta años. Es autor de numerosas obras de ficción, no ficción y poesía. Su libro *Los detectives salvajes* ganó el Premio Rómulo Gallegos de Novela y fue uno de los mejores libros del año para *The Washington Post, Los Angeles Times* y *The New York Times Book Review*. En 2008, recibió póstumamente el Premio de Ficción del National Book Critics Circle por *2666*.

Estrella distante

Estrella distante

ROBERTO BOLAÑO

VINTAGE ESPAÑOL
Una división de Random House, Inc.
Nueva York

PRIMERA EDICIÓN VINTAGE ESPAÑOL, MAYO 2010

Copyright © 1996 por Roberto Bolaño

Todos los derechos reservados. Publicado en los Estados Unidos de América
por Vintage Español, una división de Random House, Inc., Nueva York, y
en Canadá por Random House of Canada Limited, Toronto. Originalmente
publicado en España por Editorial Anagrama, Barcelona, en 1996.
Copyright © 1996 por Editorial Anagrama, S. A.

Vintage es una marca registrada y Vintage Español y su colofón
son marcas de Random House, Inc.

Información de catalogación de publicaciones disponible en la Biblioteca del
Congreso de los Estados Unidos.

Vintage ISBN: 978-0-307-47612-8

www.grupodelectura.com

Impreso en los Estados Unidos de América
10   9   8   7   6   5   4   3   2   1

Para Victoria Ávalos y Lautaro Bolaño

¿Qué estrella cae sin que nadie la mire?

WILLIAM FAULKNER

En el último capítulo de mi novela La literatura nazi
en América *se narraba tal vez demasiado esquemática-
mente (no pasaba de las veinte páginas) la historia del
teniente Ramírez Hoffman, de la FACH. Esta historia me
la contó mi compatriota Arturo B, veterano de las guerras
floridas y suicida en África, quien no quedó satisfecho del
resultado final. El último capítulo de* La literatura nazi
*servía como contrapunto, acaso como anticlímax del gro-
tesco literario que lo precedía, y Arturo deseaba una historia más larga, no espejo ni explosión de otras historias
sino espejo y explosión en sí misma. Así pues, nos encerra-
mos durante un mes y medio en mi casa de Blanes y con
el último capítulo en mano y al dictado de sus sueños y
pesadillas compusimos la novela que el lector tiene ahora
ante sí. Mi función se redujo a preparar bebidas, consultar algunos libros, y discutir, con él y con el fantasma cada
día más vivo de Pierre Menard, la validez de muchos pá-
rrafos repetidos.*

1

La primera vez que vi a Carlos Wieder fue en 1971 o tal vez en 1972, cuando Salvador Allende era presidente de Chile.

Entonces se hacía llamar Alberto Ruiz-Tagle y a veces iba al taller de poesía de Juan Stein, en Concepción, la llamada capital del Sur. No puedo decir que lo conociera bien. Lo veía una vez a la semana, dos veces, cuando iba al taller. No hablaba demasiado. Yo sí. La mayoría de los que íbamos hablábamos mucho: no sólo de poesía, sino de política, de viajes (que por entonces ninguno imaginaba que iban a ser lo que después fueron), de pintura, de arquitectura, de fotografía, de revolución y lucha armada; la lucha armada que nos iba a traer una nueva vida y una nueva época, pero que para la mayoría de nosotros era como un sueño o, más apropiadamente, como la llave que nos abriría la puerta de los sueños, los únicos por los cuales merecía la pena vivir. Y aunque vagamente sabíamos que los sueños a menudo se convierten en pesadillas, eso no nos importaba. Teníamos entre diecisiete y veintitrés años (yo tenía dieciocho) y casi todos estudiábamos en la Facultad de Letras, menos las hermanas Garmendia, que estudiaban sociología y psicología, y Alberto Ruiz-Tagle, que según dijo en alguna ocasión era autodidacta. Sobre ser autodidacta en Chile en los días previos a 1973 habría mucho que decir. La verdad era que no parecía autodidacta. Quiero decir: *exteriormente* no parecía un autodidacta. Éstos, en Chile, a principios de los setenta, en la ciudad de Concepción, no vestían de la manera en que se vestía Ruiz-Tagle. Los autodidactas eran pobres. Hablaba como un autodidacta, eso sí. Hablaba como supongo que hablamos ahora todos nosotros, los que aún estamos vivos (hablaba como si viviera en medio de una nube), pero se vestía demasiado bien para no haber pisado nunca una universidad. No pretendo decir que fuera elegante —aunque a su manera sí lo era— ni que vistiera de una forma determinada; sus gustos eran eclécticos: a veces aparecía con terno y corbata, otras veces con prendas deportivas, no desdeñaba los blue-jeans ni las camisetas. Pero fuera cual fuera el vestido Ruiz-Tagle siempre llevaba ropas caras, de marca. En una palabra, Ruiz-Tagle era elegante y yo por entonces no creía que los autodidactas chilenos, siempre entre el manicomio y la desesperación, fueran elegantes. Alguna vez dijo que su padre o su abuelo había sido propietario de un fundo cerca de Puerto Montt. Él, contaba, o se lo oímos contar a Verónica Garmendia, decidió dejar de estudiar a los quince años para dedicarse a los trabajos del campo y a la lectura de la biblioteca paterna. Los que íbamos al taller de Juan Stein dábamos por sentado que era un buen jinete. No sé por qué puesto que nunca lo vimos montar a caballo. En realidad, todas las suposiciones que podíamos hacer en torno

14

a Ruiz-Tagle estaban predeterminadas por nuestros celo,
o tal vez nuestra envidia. Ruiz-Tagle era alto, delgado,
pero fuerte y de facciones hermosas. Según Bibiano
O'Ryan, era un tipo de facciones demasiado frías para
ser hermosas, pero, claro, Bibiano afirmó esto a poste-
riori y así no vale. ¿Por qué sentíamos celos de Ruiz-Tagle? El plural es excesivo. El que sentía celos era yo. Tal
vez Bibiano compartiera mis celos. El motivo, por supuesto, eran las hermanas Garmendia, gemelas monoci-
góticas y estrellas indiscutibles del taller de poesía.
Tanto, que a veces teníamos la impresión (Bibiano y yo)
de que Stein dirigía el taller para beneficio exclusivo de
ellas. Eran, lo admito, las mejores. Verónica y Angélica
Garmendia, tan iguales algunos días que era imposible
distinguirlas y tan diferentes otros días (pero sobre todo
otras noches) que parecían mutuamente dos desconoci-
das cuando no dos enemigas. Stein las adoraba. Era,
junto con Ruiz-Tagle, el único que siempre sabía quién
era Verónica y quién Angélica. Yo sobre ellas apenas
puedo hablar. A veces aparecen en mis pesadillas. Tienen mi misma edad, tal vez un año más, y son altas, del-
gadas, de piel morena y pelo negro muy largo, como
creo que era la moda en aquella época.

Las hermanas Garmendia se hicieron amigas de
Ruiz-Tagle casi de inmediato. Éste se inscribió en el 71
o en el 72 en el taller de Stein. Nadie lo había visto antes, ni por la universidad ni por ninguna parte. Stein no
le preguntó de dónde venía. Le pidió que leyera tres
poemas y dijo que no estaban mal. (Stein sólo alababa
abiertamente los poemas de las hermanas Garmendia.)
Y se quedó con nosotros. Al principio los demás poco
caso le hacíamos. Pero cuando vimos que las Garmendia

15

se hacían amigas de él, nosotros también nos hicimos amigos de Ruiz-Tagle. Hasta entonces su actitud era de una cordialidad distante. Sólo con las Garmendia (en esto se parecía a Stein) era francamente simpático, lleno de delicadezas y atenciones. A los demás, como ya he dicho, nos trataba con una «cordialidad distante», es decir, nos saludaba, nos sonreía, cuando leíamos poemas era discreto y mesurado en su apreciación crítica, jamás defendía sus textos de nuestros ataques (solíamos ser demoledores) y nos escuchaba, cuando le hablábamos, con algo que hoy no me atrevería jamás a llamar atención pero que entonces nos lo parecía.

Las diferencias entre Ruiz-Tagle y el resto eran notorias. Nosotros hablábamos en argot o en una jerga marxista-mandrakista (la mayoría éramos miembros o simpatizantes del MIR o de partidos trotskistas, aunque alguno, creo, militaba en las Juventudes Socialistas o en el Partido Comunista o en uno de los partidos de izquierda católica). Ruiz-Tagle hablaba en español. Ese español de ciertos lugares de Chile (*lugares* más mentales que físicos) en donde el tiempo parece no transcurrir. Nosotros vivíamos con nuestros padres (los que éramos de Concepción) o en pobres pensiones de estudiantes. Ruiz-Tagle vivía solo, en un departamento cercano al centro, de cuatro habitaciones con las cortinas permanentemente bajadas, que yo nunca visité pero del que Bibiano y la Gorda Posadas me contaron cosas, muchos años después (cosas influidas ya por la leyenda maldita de Wieder), y que no sé si creer o achacar a la imaginación de mi antiguo condiscípulo. Nosotros casi nunca teníamos plata (es divertido escribir ahora la palabra *plata*: brilla como un ojo en la noche); a Ruiz-Tagle nunca le faltó el dinero.

16

¿Qué me contó Bibiano de la casa de Ruiz-Tagle? Habló de su desnudez, sobre todo; tuvo la impresión de que la casa estaba *preparada*. En una única ocasión fue solo. Pasaba por allí y decidió (así es Bibiano) invitar a Ruiz-Tagle al cine. Apenas lo conocía y decidió invitarlo al cine. Daban una de Bergman, no recuerdo cuál. Bibiano había ido un par de veces antes a la casa, siempre acompañando a alguna de las Garmendia, y en ambas ocasiones la visita era, por decirlo de alguna manera, esperada. Entonces, en aquellas visitas con las Garmendia, la casa le pareció *preparada*, dispuesta para el ojo de los que llegaban, demasiado vacía, con espacios en donde claramente faltaba algo. En la carta donde me explicó estas cosas (carta escrita muchos años después) Bibiano decía que se había sentido como Mia Farrow en *El bebé de Rosemary*, cuando va por primera vez, con John Cassavettes, a la casa de sus vecinos. Faltaba algo. En la casa de la película de Polanski lo que faltaba eran los cuadros, descolgados prudentemente para no espantar a Mia y a Cassavettes. En la casa de Ruiz-Tagle lo que faltaba era algo innombrable (o que Bibiano, años después y ya al tanto de la historia o de buena parte de la historia, consideró innombrable, pero presente, tangible), como si el anfitrión hubiera amputado trozos de su vivienda. O como si ésta fuese un mecano que se adaptaba a las expectativas y particularidades de cada visitante. Esta sensación se acentuó cuando fue solo a la casa. Ruiz-Tagle, evidentemente, no lo esperaba. Tardó en abrir la puerta. Cuando lo hizo pareció no reconocer a Bibiano, aunque éste me asegura que Ruiz-Tagle abrió la puerta con una sonrisa y que en ningún momento dejó de sonreír. No había mucha luz, como él mismo admite, así que no sé hasta qué punto mi amigo se acerca a la verdad. En cualquier caso, Ruiz-Tagle abrió la puerta y tras un cruce de palabras más o menos incongruente (tardó en entender que Bibiano estaba allí para invitarlo al cine) volvió a cerrar no sin antes decirle que esperara un momento, y tras unos segundos abrió y esta vez lo invitó a pasar. La casa estaba en penumbra. El olor era espeso, como si Ruiz-Tagle hubiera preparado la noche anterior una comida muy fuerte, llena de grasa y especias. Por un momento Bibiano creyó oír ruido en una de las habitaciones y pensó que Ruiz-Tagle estaba con una mujer. Cuando iba a disculparse y a marcharse, Ruiz-Tagle le preguntó qué película pensaba ir a ver. Bibiano dijo que una de Bergman, en el Teatro Lautaro. Ruiz-Tagle volvió a sonreír con esa sonrisa que a Bibiano le parecía enigmática y que yo encontraba autosuficiente cuando no explícitamente sobrada. Se disculpó, dijo que ya tenía una cita con Verónica Garmendia y además, explicó, no le gustaba el cine de Bergman. Para entonces Bibiano estaba seguro que había otra persona en la casa, alguien inmóvil y que escuchaba tras la puerta la conversación que sostenía con Ruiz-Tagle. Pensó que, precisamente, debía ser Verónica, pues de lo contrario cómo explicar el que Ruiz-Tagle, de común tan discreto, la nombrara. Pero por más esfuerzos que hizo no pudo imaginarse a nuestra poeta en esa situación. Ni Verónica ni Angélica Garmendia escuchaban tras las puertas. ¿Quién, entonces? Bibiano no lo sabe. En ese momento, probablemente, lo único que sabía era que deseaba marcharse, decirle adiós a Ruiz-Tagle y no volver nunca más a aquella casa desnuda y sangrante. Son sus palabras. Aunque, tal como él la describe, la casa no podía ofrecer un aspecto más aséptico. Las paredes limpias, los libros ordenados en una estantería metálica, los sillones cubiertos con ponchos sureños. Sobre una banqueta de madera la Leika de Ruiz-Tagle, la misma que una tarde utilizó para sacarnos fotos a todos los miembros del taller de poesía. La cocina, que Bibiano veía a través de una puerta semientornada, de aspecto normal, sin el típico amontonamiento de ollas y platos sucios propio de la casa de un estudiante que vive solo (pero Ruiz-Tagle *no* era un estudiante). En fin, nada que se saliera de lo corriente, salvo el ruido que bien podía haberse producido en el apartamento vecino. Según Bibiano, mientras Ruiz-Tagle hablaba él tuvo la impresión de que éste no *quería* que se marchara, que hablaba, precisamente, para retenerlo allí. Esta impresión, sin ningún fundamento objetivo, contribuyó a aumentar el nerviosismo de mi amigo hasta unos niveles, según él, intolerables. Lo más curioso es que Ruiz-Tagle parecía disfrutar con la situación: se daba cuenta de que Bibiano estaba cada vez más pálido o más transpirado y seguía hablando (de Bergman, supongo) y sonriendo. La casa permanecía en un silencio que las palabras de Ruiz-Tagle sólo acentuaban, sin llegar jamás a romperlo.

¿De qué hablaba?, se pregunta Bibiano. Sería importante, escribe en su carta, que lo recordase, pero por más esfuerzos que hago es imposible. Lo cierto es que Bibiano aguantó hasta donde pudo, luego dijo hasta luego de forma más bien atropellada y se marchó. En la escalera, poco antes de salir a la calle, encontró a Verónica Garmendia. Ésta le preguntó si le pasaba algo. ¿Qué me puede pasar?, dijo Bibiano. No lo sé, dijo Verónica, pero estás blanco como el papel. Nunca olvidaré esas palabras, dice Bibiano en su carta: *pálido como una hoja de papel*. Y el rostro de Verónica Garmendia. El rostro de una mujer enamorada.

Es triste reconocerlo, pero es así. Verónica estaba enamorada de Ruiz-Tagle. E incluso puede que Angélica también estuviera enamorada de él. Una vez, Bibiano y yo hablamos sobre esto, hace mucho tiempo. Supongo que lo que nos dolía era que ninguna de las Garmendia estuviera enamorada o al menos interesada en nosotros. A Bibiano le gustaba Verónica. A mí me gustaba Angélica. Nunca nos atrevimos a decirles ni una palabra al respecto, aunque creo que nuestro interés por ellas era públicamente notorio. Algo en lo que no nos distinguíamos del resto de miembros masculinos del taller, todos, quien más, quien menos, enamorados de las hermanas Garmendia. Pero ellas, o al menos una de ellas, quedaron prendadas del raro encanto del poeta autodidacta.

Autodidacta, sí, pero preocupado por aprender como decidimos Bibiano y yo cuando lo vimos aparecer por el taller de poesía de Diego Soto, el otro taller puntero de la Universidad de Concepción, que rivalizaba digamos en la ética y en la estética con el taller de Juan Stein, aunque Stein y Soto eran lo que entonces se llamaba, y supongo que aún se sigue llamando, amigos del alma. El taller de Soto estaba en la Facultad de Medicina, ignoro por qué razón, en un cuarto mal ventilado y mal amoblado, separado tan sólo por un pasillo del anfiteatro en donde los estudiantes despiezaban cadáveres en las clases de anatomía. El anfiteatro, por supuesto, olía a formol. El pasillo, en ocasiones, también olía a formol. Y algunas noches, pues el taller de Soto funcionaba todos los viernes de ocho a diez, aunque generalmente solía acabar pasadas las doce, el cuarto se impregnaba de olor a formol que nosotros intentábamos vanamente disimular encendiendo un cigarrillo tras otro. Los asiduos al taller de Stein no iban al taller de Soto y viceversa, salvo Bibiano O'Ryan y yo, que en realidad compensábamos nuestra inasistencia crónica a clases acudiendo no sólo a los talleres sino a cuanto recital o reunión cultural y política se hiciera en la ciudad. Así que ver aparecer una noche por allí a Ruiz-Tagle fue una sorpresa. Su actitud fue más o menos la misma que mantenía en el taller de Stein. Escuchaba, sus críticas eran ponderadas, breves y siempre en un tono amable y educado, leía sus propios trabajos con desprendimiento y distancia y aceptaba sin rechistar incluso los peores comentarios, como si los poemas que sometía a nuestra crítica no fueran *suyos*. Esto no sólo lo notamos Bibiano y yo; una noche Diego Soto le dijo que escribía con distancia y frialdad. No parecen poemas tuyos, le dijo. Ruiz-Tagle lo reconoció sin inmutarse. Estoy buscando, respondió.

En el taller de la Facultad de Medicina Ruiz-Tagle conoció a Carmen Villagrán y se hicieron amigos. Carmen era una buena poeta, aunque no tan buena como las hermanas Garmendia. (Los mejores poetas o prospectos de poetas estaban en el taller de Juan Stein.) Y también conoció y se hizo amigo de Marta Posadas, alias la Gorda Posadas, la única estudiante de medicina del taller de la Facultad de Medicina, una muchacha muy blanca, muy gorda y muy triste que escribía poemas en prosa y que lo que de verdad quería, al menos entonces, era convertirse en una especie de Marta Harnecker de la crítica literaria.

Entre los hombres no hizo amigos. A Bibiano y a mí,

cuando nos veía, nos saludaba correctamente pero sin exteriorizar el menor signo de familiaridad, pese a que nos veíamos, entre el taller de Stein y el taller de Soto, unas ocho o nueve horas a la semana. Los *hombres* no parecían importarle en lo más mínimo. Vivía solo, en su casa había algo extraño (según Bibiano), carecía del orgullo pueril que los demás poetas solían tener por su propia obra, era amigo no sólo de las muchachas más hermosas de mi época (las hermanas Garmendia) sino que también había conquistado a las dos mujeres del taller de Diego Soto, en una palabra era el blanco de la envidia de Bibiano O'Ryan y de la mía propia.

Y nadie lo conocía.

Juan Stein y Diego Soto, que para mí y para Bibiano eran las personas más inteligentes de Concepción, no se dieron cuenta de nada. Las hermanas Garmendia tampoco, al contrario, en dos ocasiones Angélica alabó delante de mí las virtudes de Ruiz-Tagle: serio, formal, de mente ordenada, con una gran capacidad de escuchar a los demás. Bibiano y yo lo odiábamos, pero tampoco nos dimos cuenta de nada. Sólo la Gorda Posadas captó algo de lo que en realidad se movía detrás de Ruiz-Tagle. Recuerdo la noche en que hablamos. Habíamos ido al cine y tras la película nos metimos en un restaurant del centro. Bibiano llevaba una carpeta con textos de la gente del taller de Stein y del taller de Soto para su undécima breve antología de jóvenes poetas de Concepción que ningún periódico publicaría. La Gorda Posadas y yo nos dedicamos a curiosear entre los papeles. ¿A quiénes vas a antologar?, pregunté sabiendo que yo era uno de los seleccionados. (En caso contrario mi amistad con Bibiano se hubiera roto probablemente al día siguiente.) A ti, dijo Bibiano, a Martita (la Gorda), a Verónica y Angélica, por supuesto, a Carmen, luego nombró a dos poetas, uno del taller de Stein y el otro del taller de Soto, y finalmente dijo el nombre de Ruiz-Tagle. Recuerdo que la Gorda se quedó callada un momento mientras sus dedos (permanentemente manchados de tinta y con las uñas más bien sucias, cosa que parecía extraña en una estudiante de medicina, si bien la Gorda cuando hablaba de su carrera lo hacía en términos tan lánguidos que a uno no le quedaban dudas de que jamás obtendría el diploma) escudriñaban entre los papeles hasta dar con las tres cuartillas de Ruiz-Tagle. No lo incluyas, dijo de pronto. ¿A Ruiz-Tagle?, pregunté yo sin creer lo que oía pues la Gorda era una devota admiradora suya. Bibiano, por el contrario, no dijo nada. Los tres poemas eran cortos, ninguno pasaba de los diez versos: uno hablaba de un paisaje, describía un paisaje, árboles, un camino de tierra, una casa alejada del camino, cercados de madera, colinas, nubes; según Bibiano era «muy japonés»; en mi opinión era como si lo hubiera escrito Jorge Teillier después de sufrir una conmoción cerebral. El segundo poema hablaba del aire (se llamaba *Aire*) que se colaba por las junturas de una casa de piedra. (En éste era como si Teillier se hubiera quedado afásico y persistiera en su empeño literario, lo que no hubiera debido extrañarme pues ya entonces, en el 73, la mitad por lo menos de los hijos putativos de Teillier se habían quedado afásicos y persistían.) El último lo he olvidado completamente. Sólo recuerdo que en algún momento aparecía sin que viniera a cuento (o eso me pareció a mí) un cuchillo.

¿Por qué crees que no lo debo incluir?, preguntó Bibiano con un brazo extendido sobre la mesa y la cabeza apoyada en éste, como si el brazo fuera la almohada y la mesa la cama de su dormitorio. Creí que eran ustedes amigos, dije yo. Y lo somos, dijo la Gorda, pero igual yo no lo metería. ¿Por qué?, dijo Bibiano. La Gorda se encogió de hombros. Es como si no fueran poemas suyos, dijo después. Suyos de verdad, no sé si me explico. Explícate, dijo Bibiano. La Gorda me miró a los ojos (yo estaba frente a ella y Bibiano, a su lado, parecía dormido) y dijo: Alberto es un buen poeta, pero aún no ha explotado. ¿Quieres decir que es virgen?, dijo Bibiano, pero ni la Gorda ni yo le hicimos caso. ¿Tú has leído otras cosas de él?, quise saber yo. ¿Qué escribe, cómo escribe? La Gorda se sonrió para sus adentros, como si ella misma no creyera lo que a continuación iba a decirnos. Alberto, dijo, va a revolucionar la poesía chilena. ¿Pero tú has leído algo o estás hablando de una intuición que tienes? La Gorda hizo un sonido con la nariz y se quedó callada. El otro día, dijo de pronto, fui a su casa. No dijimos nada pero vi que Bibiano, recostado sobre la mesa, se sonreía y la miraba con ternura. No era esperada, por supuesto, aclaró la Gorda. Ya sé lo que quieres decir, dijo Bibiano. Alberto se sinceró conmigo, dijo la Gorda. No me imagino a Ruiz-Tagle sincerándose con nadie, dijo Bibiano. Todo el mundo cree que está enamorado de la Verónica Garmendia, dijo la Gorda, pero no es verdad. ¿Te lo dijo él?, preguntó Bibiano. La Gorda se sonrió como si estuviera en posesión de un gran secreto. No me gusta esta mujer, recuerdo que pensé entonces. Tendrá talento, será inteligente, es una compañera, pero no me gusta. No, no me lo dijo él, dijo la Gorda, aunque él me cuenta cosas que a otros no les cuenta. Querrás decir a *otras*, dijo Bibiano. Eso, a las otras, dijo la Gorda. ¿Y qué cosas te cuenta? La Gorda pensó durante un rato antes de responder. De la nueva poesía, pues, de qué otra cosa. ¿La que él piensa escribir?, dijo Bibiano con escepticismo. La que él va a *hacer*, dijo la Gorda. ¿Y saben por qué estoy tan segura? Por su voluntad. Durante un momento esperó que le preguntáramos algo más. Tiene una voluntad de hierro, añadió, ustedes no lo conocen. Era tarde. Bibiano miró a la Gorda y se levantó para pagar. ¿Si tienes tanta fe en él por qué no quieres que Bibiano lo meta en su antología?, pregunté. Nos pusimos las bufandas en el cuello (nunca he vuelto a usar bufandas tan largas como entonces) y salimos al frío de la calle. Porque no *son* sus poemas, dijo la Gorda. ¿Y tú cómo lo sabes?, pregunté exasperado. Porque conozco a las personas, dijo la Gorda con voz triste y mirando la calle vacía. Me pareció el colmo de la presunción. Bibiano salió detrás de nosotros. Martita, dijo, estoy seguro de muy pocas cosas, una de ellas es que Ruiz-Tagle no va a revolucionar la poesía chilena. Me parece que ni siquiera es de izquierdas, añadí yo. Sorprendentemente, la Gorda me dio la razón. No, no es de izquierdas, aceptó con una voz cada vez más triste. Por un momento pensé que se iba a poner a llorar y traté de cambiar de conversación. Bibiano se rió. Con amigas como tú, Martita, uno no necesita enemigos. Por supuesto, Bibiano bromeaba, pero la Gorda no lo entendió así y quiso marcharse de inmediato. La acompañamos a su casa. Durante el viaje en autobús hablamos de la película y de la situación política. Antes de despedirnos nos miró fijamente y dijo que debía pedirnos que le prometiéramos algo. ¿Qué?, dijo Bibiano. No le digan a Alberto nada de lo que hemos hablado. De acuerdo, dijo Bibiano, prometido, no le diremos que me pediste que lo excluyera de mi antología. Si ni siquiera te la van a publicar, dijo la Gorda. Eso es muy probable, dijo Bibiano. Gracias, Bibi, dijo la Gorda (sólo ella llamaba de esa manera a Bibiano) y le dio un beso en la mejilla. No le diremos nada, lo juro, dije yo. Gracias, gracias, gracias, dijo la Gorda. Pensé que bromeaba. Tampoco le digan nada a la Verónica, dijo, ella se lo puede decir luego a Alberto y ya saben. No, no se lo diremos. Esto queda entre nosotros tres, dijo la Gorda, ¿prometido? Prometido, dijimos. Finalmente la Gorda nos dio la espalda, abrió la puerta de su edificio y la vimos meterse en el ascensor. Antes de desaparecer nos saludó por última vez con la mano. Qué mujer más singular, dijo Bibiano. Yo me reí. Volvimos caminando a nuestros respectivos domicilios, Bibiano a la pensión donde vivía y yo a casa de mis padres. La poesía chilena, dijo Bibiano aquella noche, va a cambiar el día que leamos correctamente a Enrique Lihn, no antes. O sea, dentro de mucho tiempo.

Pocos días después llegó el golpe militar y la desbandada.

Una noche llamé por teléfono a las hermanas Garmendia, sin ningún motivo especial, simplemente por saber cómo estaban. Nos vamos, dijo Verónica. Con un nudo en el estómago pregunté cuándo. Mañana. Pese al toque de queda insistí en verlas esa misma noche. El departamento en donde vivían solas las dos hermanas no quedaba demasiado lejos de mi casa y además no era la primera vez que me saltaba el toque de queda. Cuando llegué eran las diez de la noche. Las Garmendia, sorprendentemente, estaban tomando té y leyendo (supongo que esperaba encontrarlas en medio de un caos de maletas y planes de fuga). Me dijeron que se iban, pero no al extranjero sino a Nacimiento, un pueblo a pocos kilómetros de Concepción, a la casa de sus padres. Qué alivio, dije, pensé que os marchabais a Suecia o algo así. Qué más quisiera, dijo Angélica. Luego hablamos de los amigos a quienes no habíamos visto desde hacía días, haciendo las conjeturas típicas de aquellas horas, los que seguro estaban presos, los que posiblemente habían pasado a la clandestinidad, los que estaban siendo buscados. Las Garmendia no tenían miedo (no tenían por qué tenerlo, ellas sólo eran estudiantes y su vínculo con los entonces llamados «extremistas» se reducía a la amistad personal con algunos militantes, sobre todo de la Facultad de Sociología), pero se iban a Nacimiento porque Concepción se había vuelto imposible y porque siempre, lo admitieron, regresaban a la casa paterna cuando la «vida real» adquiría visos de cierta fealdad y cierta brutalidad profundamente desagradables. Entonces tienen que irse ya mismo, les dije, porque me parece que estamos entrando en el campeonato mundial de la fealdad y la brutalidad. Se rieron y me dijeron que me marchara. Yo insistí en quedarme un rato más. Recuerdo esa noche como una de las más felices de mi vida. A la una de la mañana Verónica me dijo que mejor me quedara a dormir allí. Ninguno había cenado así que nos metimos los tres en la cocina e hicimos huevos con cebolla, pan amasado y té. Me sentí de pronto feliz, inmensamente feliz, capaz de hacer cualquier cosa, aunque sabía que en esos momentos todo aquello en lo que creía se hundía para siempre y mucha gente, entre ellos más de un amigo, estaba siendo perseguida o torturada. Pero yo tenía ganas de cantar y de bailar y las malas noticias (o las elucubra-

27

ciones sobre malas noticias) sólo contribuían a echarle más leña al fuego de mi alegría, si se me permite la expresión, cursi a más no poder (*siútica* hubiéramos dicho entonces), pero que expresa mi estado de ánimo e incluso me atrevería a afirmar que también el estado de ánimo de las Garmendia y el estado de ánimo de muchos que en septiembre de 1973 tenían veinte años o menos.

A las cinco de la mañana me quedé dormido en el sofá. Me despertó Angélica, cuatro horas más tarde. Desayunamos en la cocina, en silencio. A mediodía metieron un par de maletas en su coche, una Citroneta del 68 de color verde limón, y se marcharon a Nacimiento. Nunca más las volví a ver.

Sus padres, un matrimonio de pintores, habían muerto antes de que las gemelas cumplieran quince años, creo que en un accidente de tráfico. Una vez vi una foto de ellos: él era moreno y enjuto, de grandes pómulos salientes y con una expresión de tristeza y perplejidad que sólo tienen los nacidos al sur del Bío-Bío; ella era o parecía más alta que él, un poco gordita, con una sonrisa dulce y confiada.

Al morir les dejaron la casa de Nacimiento, una casa de tres pisos, el último una gran sala abuhardillada que les servía de taller, de madera y de piedra, en las afueras del pueblo, y unas tierras cerca de Mulchén que les permitían vivir sin estrecheces. A menudo las Garmendia hablaban de sus padres (según ellas Julián Garmendia era uno de los mejores pintores de su generación aunque yo nunca oí su nombre en ninguna parte) y en sus poemas no era raro que aparecieran pintores perdidos en el sur de Chile, embarcados en una obra desesperada y en un amor desesperado. ¿Julián Garmendia amaba desesperadamente a María Oyarzún? Me cuesta creerlo cuando recuerdo la foto. Pero no me cuesta creer que en la década de los sesenta hubiera gente que amaba desesperadamente a otra gente, en Chile. Me parece raro. Me parece como una película perdida en una estantería olvidada de una gran cinemateca. Pero lo doy por cierto.

A partir de aquí mi relato se nutrirá básicamente de conjeturas. Las Garmendia se fueron a Nacimiento, a su gran casa de las afueras en donde vivía únicamente su tía, una tal Ema Oyarzún, hermana mayor de la madre muerta, y una vieja empleada llamada Amalia Maluenda.

Se fueron, pues, a Nacimiento, y se encerraron en la casa y un buen día, digamos dos semanas después o un mes después (aunque no creo que pasara tanto tiempo), aparece Alberto Ruiz-Tagle.

Tuvo que ser así. Un atardecer, uno de esos atardeceres vigorosos pero al mismo tiempo melancólicos del sur, un auto aparece por el camino de tierra pero las Garmendia no lo escuchan porque están tocando el piano o atareadas en el huerto o acarreando leña en la parte de atrás de la casa junto con la tía y la empleada. Alguien toca a la puerta. Tras varias llamadas la empleada abre la puerta y allí está Ruiz-Tagle. Pregunta por las Garmendia. La empleada no lo deja pasar y dice que irá a llamar a las niñas. Ruiz-Tagle espera pacientemente sentado en un sillón de mimbre en el amplio porche. Las Garmendia, al verlo, lo saludan con efusión y riñen a la empleada por no haberlo hecho pasar. Durante la primera media hora Ruiz-Tagle es acosado a preguntas. A la tía, seguramente, le parece un joven simpático, bien parecido, educado. Las Garmendia están felices. Ruiz-

Tagle, por supuesto, es invitado a comer y en su honor preparan una cena apropiada. No quiero imaginarme qué pudieron comer. Tal vez pastel de choclo, tal vez empanadas, pero no, seguramente comieron otra cosa. Por supuesto, lo invitan a quedarse a dormir. Ruiz-Tagle acepta con sencillez. Durante la sobremesa, que se prolonga hasta altas horas de la noche, las Garmendia leen poemas ante el arrobo de la tía y el silencio cómplice de Ruiz-Tagle. Él, por supuesto, no lee nada, se excusa, dice que ante tales poemas los suyos sobran, la tía insiste, por favor, Alberto, léanos algo suyo, pero permanece inconmovible, dice que está a punto de concluir algo nuevo, que hasta no tenerlo terminado y corregido prefiere no airearlo, se sonríe, se encoge de hombros, dice que no, lo siento, no, no, no, y las Garmendia asienten, tía, no seas pesada, *creen* comprender, inocentes, no comprenden nada (está a punto de nacer la «nueva poesía chilena»), pero creen comprender y leen sus poemas, sus estupendos poemas ante la expresión complacida de Ruiz-Tagle (que seguramente cierra los ojos para escuchar mejor) y la desazón, en algunos momentos, de su tía, Angélica, cómo puedes escribir esa barbaridad tan grande o Verónica, niña, no he entendido nada, Alberto, ¿me quiere usted explicar qué significa esa metáfora?, y Ruiz-Tagle, solícito, hablando de signo y significante, de Joyce Mansour, Sylvia Plath, Alejandra Pizarnik (aunque las Garmendia dicen no, no nos gusta la Pizarnik, queriendo decir, realmente, que no *escriben* como la Pizarnik), y Ruiz-Tagle ya habla, y la tía escucha y asiente, de Violeta y Nicanor Parra (conocí a la Violeta, en su carpa, sí, dice la pobre Ema Oyarzún), y luego habla de Enrique Lihn y de la poesía civil y si las

Garmendia hubieran estado más atentas habrían visto un brillo irónico en los ojos de Ruiz-Tagle, poesía civil, yo les voy a dar poesía civil, y finalmente, ya lanzado, habla de Jorge Cáceres, el surrealista chileno muerto en 1949 a los veintiséis años.

Y las Garmendia entonces se levantan, o tal vez sólo se levanta Verónica, y busca en la gran biblioteca paterna y vuelve con un libro de Cáceres, *Por el camino de la gran pirámide polar*, publicado cuando el poeta tenía sólo veinte años, las Garmendia, tal vez sólo Angélica, en alguna ocasión han hablado de reeditar la obra completa de Cáceres, uno de los mitos de nuestra generación, así que no es de extrañar que Ruiz-Tagle lo haya nombrado (aunque la poesía de Cáceres no tiene nada que ver con la poesía de las Garmendia; Violeta Parra sí, Nicanor sí, pero no Cáceres). Y también nombra a Anne Sexton y a Elizabeth Bishop y a Denise Levertov (poetas que aman las Garmendia y que en alguna ocasión han traducido y leído en el taller ante la manifiesta satisfacción de Juan Stein) y después todos se ríen de la tía que no entiende nada y comen galletas caseras y tocan la guitarra y alguien observa a la empleada que a su vez los observa, de pie, en la parte oscura del pasillo pero sin atreverse a entrar y la tía le dice pasa no más, Amalia, no seas huacha, y la empleada, atraída por la música y el jolgorio da dos pasos, pero ni uno más, y luego cae la noche, se cierra la velada.

Unas horas después Alberto Ruiz-Tagle, aunque ya debería empezar a llamarle Carlos Wieder, se levanta. Todos duermen. Él, probablemente, se ha acostado con Verónica Garmendia. No tiene importancia. (Quiero decir: ya no la tiene, aunque en aquel momento sin duda, para nuestra desgracia, la tuvo.) Lo cierto es que Carlos Wieder se levanta con la seguridad de un sonámbulo y recorre la casa en silencio. Busca la habitación de la tía. Su sombra atraviesa los pasillos en donde cuelgan los cuadros de Julián Garmendia y María Oyarzún junto con platos y alfarería de la zona. (Nacimiento es famoso, creo, por su lozería o alfarería.) Wieder, en todo caso, abre puertas con gran sigilo. Finalmente encuentra la habitación de la tía, en el primer piso, junto a la cocina. Enfrente, seguramente, está la habitación de la empleada. Justo cuando se desliza al interior de la habitación escucha el ruido de un auto que se acerca a la casa. Wieder sonríe y se da prisa. De un salto se pone junto a la cabecera. En su mano derecha sostiene un corvo. Ema Oyarzún duerme plácidamente. Wieder le quita la almohada y le tapa la cara. Acto seguido, de un sólo tajo, le abre el cuello. En ese momento el auto se detiene frente a la casa. Wieder ya está fuera de la habitación y entra ahora en el cuarto de la empleada. Pero la cama está vacía. Por un instante Wieder no sabe qué hacer: le dan ganas de agarrar la cama a patadas, de destrozar una vieja cómoda de madera destartalada en donde se amontona la ropa de Amalia Maluenda. Pero es sólo un segundo. Poco después está en la puerta, respirando con normalidad, y les franquea la entrada a los cuatro hombres que han llegado. Éstos saludan con un movimiento de cabeza (que sin embargo denota respeto) y observan con miradas obscenas el interior en penumbras, las alfombras, las cortinas, como si desde el primer momento buscaran y evaluaran los sitios más idóneos para esconderse. Pero no son ellos los que se van a esconder. Ellos son los que buscan a quienes se esconden.

Y detrás de ellos entra la noche en la casa de las hermanas Garmendia. Y quince minutos después, tal vez diez, cuando se marchan, la noche vuelve a salir, de inmediato, entra la noche, sale la noche, efectiva y veloz. Y nunca se encontrarán los cadáveres, o sí, hay *un* cadáver, un solo cadáver que aparecerá años después en una fosa común, el de Angélica Garmendia, mi adorable, mi incomparable Angélica Garmendia, pero únicamente ése, como para probar que Carlos Wieder es un hombre y no un dios.

2

Por aquellos días, mientras se hundían los últimos botes salvavidas de la Unidad Popular, caí preso. Las circunstancias de mi detención son banales, cuando no grotescas, pero el hecho de estar allí y no en la calle o en una cafetería o encerrado en mi cuarto sin querer levantarme de la cama (y ésta era la posibilidad mayor) me permitió presenciar el primer acto poético de Carlos Wieder, aunque por entonces yo no sabía quién era Carlos Wieder ni la suerte que habían corrido las hermanas Garmendia.

Sucedió un atardecer —Wieder amaba los crepúsculos— mientras junto con otros detenidos, unas sesenta personas, matábamos el aburrimiento en el Centro La Peña, un lugar de tránsito en las afueras de Concepción, casi ya en Talcahuano, jugando al ajedrez en el patio o simplemente conversando.

El cielo, media hora antes absolutamente despejado, comenzaba a empujar algunos jirones de nubes hacia el este; las nubes, con formas semejantes a alfileres y cigarrillos, eran blanquinegras al principio, cuando aún planeaban sobre la costa, para luego, al enderezar su itinerario sobre la ciudad, ser rosadas, y finalmente, cuando enfilaban río arriba, transmutarse su color en un bermellón brillante.

En aquel momento, no sé por qué, yo tenía la sensación de ser el único preso que miraba el cielo. Probablemente era debido a que tenía diecinueve años.

Lentamente, por entre las nubes, apareció el avión. Al principio era una mancha no superior al tamaño de un mosquito. Calculé que venía de una base aérea de las cercanías, que tras un periplo aéreo por la costa volvía a su base. Poco a poco, pero sin dificultad, como si planeara en el aire, se fue acercando a la ciudad, confundido entre las nubes cilíndricas, que flotaban a gran altura, y las nubes con forma de aguja que eran arrastradas por el viento casi a ras de los techos.

Daba la impresión de ir tan despacio como las nubes pero no tardé en comprender que aquello sólo era un efecto óptico. Cuando pasó por encima del Centro La Peña el ruido que hizo fue como el de una lavadora estropeada. Desde donde estaba pude ver la figura del piloto y por un instante creí que levantaba la mano y nos decía adiós. Luego subió el morro, tomó altura y ya estaba volando sobre el centro de Concepción.

Y ahí, en esas alturas, comenzó a escribir un poema en el cielo. Al principio creí que el piloto se había vuelto loco y no me pareció extraño. La locura no era una excepción en aquellos días. Pensé que giraba en el aire deslumbrado por la desesperación y que luego se estrellaría contra algún edificio o plaza de la ciudad. Pero acto seguido, como engendradas por el mismo cielo, en el cielo aparecieron las letras. Letras perfectamente dibujadas de humo gris negro sobre la enorme pantalla de cielo azul rosado que helaban los ojos del que las miraba. IN PRINCIPIO... CREAVIT DEUS... COELUM ET TERRAM, leí como si estuviera dormido. Tuve la impresión —la esperanza— de que se tratara de una campaña publicitaria. Me reí solo. Entonces el avión volvió en dirección nuestra, hacia el oeste, y luego volvió a girar y dio otra pasada. Esta vez el verso fue mucho más largo y se extendió hasta los suburbios del sur. TERRA AUTEM ERAT INANIS... ET VACUA... ET TENEBRAE ERANT... SUPER FACIEM ABYSSI... ET SPIRITU DEI... FEREBATUR SUPER AQUAS...

Por un momento pareció que el avión se perdería en el horizonte, rumbo a la Cordillera de la Costa o la Cordillera de los Andes, juro que no lo sé, rumbo al sur, rumbo a los grandes bosques, pero volvió.

Para entonces casi todos en el Centro La Peña miraban el cielo.

Uno de los presos, uno que se llamabá Norberto y que se estaba volviendo loco (al menos eso era lo que había diagnosticado otro de los detenidos, un psiquiatra socialista al que luego, según me dijeron, fusilaron en pleno dominio de sus facultades psíquicas y emocionales), intentó subirse a la cerca que separaba el patio de los hombres del patio de las mujeres y se puso a gritar es un Messerschmitt 109, un caza Messerschmitt de la Luftwaffe, el mejor caza de 1940. Lo miré fijamente, a él y después a los demás detenidos, y todo me pareció inmerso en un color gris transparente, como si el Centro La Peña estuviera desapareciendo en el tiempo.

En la puerta de entrada al gimnasio en donde por la noche dormíamos echados en el suelo un par de carceleros habían dejado de hablar y miraban el cielo. Todos los presos, de pie, miraban el cielo, abandonadas las partidas de ajedrez, el recuento de los días que presumiblemente nos aguardaban, las confidencias. El loco Norberto, agarrado a la cerca como un mono, se reía y decía que la Segunda Guerra Mundial había vuelto a la Tierra, se equivocaron, decía, los de la Tercera, es la Segunda que regresa, regresa, regresa. Nos tocó a nosotros, los chilenos, qué pueblo más afortunado, recibirla, darle la bienvenida, decía y la saliva, una saliva muy blanca que contrastaba con el tono gris dominante, le caía por la barbilla, le mojaba el cuello de la camisa y terminaba, en una suerte de gran mancha húmeda, en el pecho.

El avión se inclinó sobre un ala y volvió al centro de Concepción. DIXITQUE DEUS... FIAT LUX... ET FACTA EST LUX, leí con dificultad, o tal vez lo adiviné o lo imaginé o lo soñé. En el otro lado de la cerca, haciéndose visera con las manos, las mujeres también seguían atentamente las evoluciones del avión con una quietud que oprimía el corazón. Por un momento pensé que si Norberto hubiera querido irse nadie se lo habría impedido. Todos, menos él, estaban sumidos en la inmovilidad, detenidos y guardianes, las caras vueltas hacia el cielo. Hasta ese momento nunca había visto tanta tristeza junta (o eso creí en *aquel* momento; ahora me parecen más tristes algunas mañanas de mi infancia que aquel atardecer perdido de 1973).

Y el avión volvió a pasar sobre nosotros. Trazó un círculo sobre el mar, se elevó y regresó a Concepción. Qué piloto, decía Norberto, ni el propio Galland o Rudy Rudler lo harían mejor, ni Hanna Reitsch, ni Anton Vogel, ni Karl Heinz Schwarz, ni el Lobo de Bremen de

37

Talca, ni el Quebranta Huesos de Stuttgart de Curicó, ni mismamente Hans Marseille reencarnado. Después Norberto me miró y me guiñó un ojo. Tenía el rostro congestionado.

En el cielo de Concepción quedaron las siguientes palabras: ET VIDIT DEUS... LUCEM QUOD... ESSET BONA... ET DIVISIT... LUCEM A TENEBRIS. Las últimas letras se perdían hacia el este entre las nubes con forma de agujas que remontaban el Bío-Bío. El mismo avión, en un momento dado, cogió la vertical y se perdió, desapareció completamente del cielo. Como si todo aquello no fuera sino un espejismo o una pesadilla. Qué ha puesto, compañero, oí que preguntaba un minero de Lota. En el Centro La Peña la mitad de los presos (hombres y mujeres) eran de Lota. Ni idea, le contestaron, pero parece importante. Otra voz dijo: huevadas, pero en el tono se advertía el temor y la maravilla. Los carabineros que estaban en la puerta del gimnasio se habían multiplicado, ahora eran seis y cuchicheaban entre sí. Norberto, delante de mí, las manos enganchadas a la cerca y sin dejar de mover los pies, como si pretendiera hacer un hoyo en el suelo, susurró: éste es el renacimiento de la Blitzkrieg o me estoy volviendo loco sin remedio. Tranquilízate, dije. No puedo estar más tranquilo, estoy flotando en una nube, dijo. Después suspiró profundamente y pareció, en efecto, tranquilizarse.

En ese momento, precedido por un extraño crujido, como si alguien hubiera aplastado un insecto muy grande o una galleta muy pequeña, el avión reapareció. Venía del mar otra vez. Vi las manos que se alzaban señalándolo, las mangas sucias que se elevaban mostrando su derrotero, oí voces pero igual sólo era el aire. Nadie, en verdad, se atrevía a hablar. Norberto cerró los ojos con fuerza y luego los abrió, desorbitados. Santo cielo, dijo, padre nuestro, perdónanos por los pecados de nuestros hermanos y perdónanos por nuestros pecados. Sólo somos chilenos, señor, dijo, inocentes, inocentes. Lo dijo fuerte y claro, sin que la voz le temblara. Todos, por supuesto, lo oímos. Algunos se rieron. A mis espaldas escuché unas tallas en donde se mezclaban la picardía y la blasfemia. Me di la vuelta y busqué con la mirada a los que habían hablado. Los rostros de los presos y de los carabineros giraban como en la rueda de la fortuna, pálidos, demacrados. El rostro de Norberto, por el contrario, permanecía fijo en su eje. Era una cara simpática que se estaba hundiendo en la tierra. Una figura que a veces daba saltitos como la de un infortunado profeta que asiste a la llegada del mesías largamente anunciado y temido. El avión pasó rugiendo por encima de nuestras cabezas. Norberto se agarró de los codos como si se estuviera muriendo de frío.

Pude ver al piloto. Esta vez obvió el saludo. Parecía una estatua de piedra encerrada dentro de la carlinga. El cielo se estaba oscureciendo, la noche no tardaría en cubrirlo todo, las nubes ya no eran rosadas sino negras con filamentos rojos. Cuando estuvo sobre Concepción su figura simétrica era semejante a una mancha de Rorschach.

Esta vez sólo escribió una palabra, más grande que las anteriores, en lo que calculé era el centro exacto de la ciudad: APRENDAN. Luego el avión pareció vacilar, perder altura, disponerse a capotar sobre la azotea de un edificio, como si el piloto hubiera desconectado el motor y diera el primer ejemplo del aprendizaje al que se refería o al que nos instaba. Pero esto duró sólo un momento, lo que tardó la noche y el viento en desdibujar las letras de la última palabra. Luego el avión desapareció.

Durante unos segundos nadie dijo nada. En el otro lado de la cerca escuché el llanto de una mujer. Norberto, con el semblante tranquilo, como si no hubiera pasado nada, hablaba con dos reclusas muy jóvenes. Tuve la impresión de que le pedían consejo. Dios mío, le pedían consejo a un loco. Detrás de mí escuché comentarios ininteligibles. Había ocurrido algo pero en realidad no había ocurrido nada. Dos profesores hablaban de una campaña publicitaria de la Iglesia. ¿De qué Iglesia?, les pregunté. De cuál va a ser, dijeron y me dieron la espalda. Yo no les gustaba. Después los carabineros despertaron y nos dispusieron en el patio para el último recuento. En el patio de las mujeres otras voces mandaban a formar. ¿Te ha gustado?, me dijo Norberto. Me encogí de hombros, sólo sé que no se me olvidará nunca, dije. ¿Te diste cuenta que era un Messerschmitt? Si tú lo dices, te creo, dije yo. Era un Messerschmitt, dijo Norberto, y yo creo que venía del otro mundo. Le palmeé la espalda y le dije que seguramente era así. La cola empezó a moverse, volvíamos al gimnasio. Y escribía en latín, dijo Norberto. Sí, dije yo, pero no entendí nada. Yo sí, dijo Norberto, no en balde he sido maestro tipógrafo algunos años, hablaba del principio del mundo, de la voluntad, de la luz y de las tinieblas. Lux es luz. Tenebrae es tinieblas. Fiat es hágase. Hágase la luz, ¿cachai? A mí Fiat me suena a auto italiano, dije. Pues no es así, compañero. También, al final, a todos nos deseaba buena suerte. ¿Te parece?, dije yo. Sí, a todos, sin excepción. Un poeta, dije. Una persona educada, sí, dijo Norberto.

3

Aquella su primera acción poética sobre el cielo de
Concepción le granjeó a Carlos Wieder la admiración
instantánea de algunos espíritus inquietos de Chile.

No tardaron en llamarlo para otras exhibiciones de
escritura aérea. Al principio tímidamente, pero luego
con la franqueza característica de los soldados y de los
caballeros que saben reconocer una obra de arte cuando
la ven, aunque no la entiendan, la presencia de Wieder
se multiplicó en actos y conmemoraciones. Sobre el
aeródromo de Las Tencas, para un público compuesto
por altos oficiales y hombres de negocios acompañados
de sus respectivas familias —las hijas casaderas se morían
por Wieder y las que ya estaban casadas se morían de
tristeza— dibujó, justo pocos minutos antes de que la noche lo cubriera todo, una estrella, la estrella de nuestra
bandera, rutilante y solitaria sobre el horizonte implaca-
ble. Pocos días después, ante un público variopinto y de-
mocrático que iba y venía por los entoldados de gala del
aeropuerto militar de El Cóndor en un ambiente de ker-
messe, escribió un poema que un espectador curioso y

leído calificó de *letrista*. (Más exactamente: con un inicio que no hubiera desaprobado Isidore Isou y con un final inédito digno de un saranguaco.) En uno de sus versos hablaba veladamente de las hermanas Garmendia. Las llamaba «las gemelas» y hablaba de un huracán y de unos labios. Y aunque acto seguido se contradecía, quien lo leyera cabalmente ya podía darlas por muertas.

En otro hablaba de una tal Patricia y de una tal Carmen. Esta última, probablemente, era la poeta Carmen Villagrán quien desapareció en los primeros días de diciembre. Le dijo a su madre, según testimonio de ésta ante un equipo de investigación de la Iglesia, que había quedado citada con un amigo y ya no volvió. La madre alcanzó a preguntar quién era ese amigo. Desde la puerta Carmen contestó que un poeta. Años más tarde, Bibiano O'Ryan averiguó la identidad de Patricia; se trataba, según él, de Patricia Méndez, de diecisiete años, perteneciente a un taller de literatura gestionado por las Juventudes Comunistas y desaparecida por las mismas fechas que Carmen Villagrán. La diferencia entre ambas era notable, Carmen leía a Michel Leiris en francés y pertenecía a una familia de clase media; Patricia Méndez, además de ser más joven, era una devota de Pablo Neruda y su origen era proletario. No estudiaba en la universidad, como Carmen, aunque aspiraba algún día a estudiar pedagogía; trabajaba, mientras tanto, en una tienda de electrodomésticos. Bibiano visitó a su madre y pudo leer en un viejo cuaderno de caligrafía algunos poemas de Patricia. Eran malos, según Bibiano, en la línea del peor Neruda, una especie de revoltijo entre los *Veinte poemas de amor* e *Incitación al nixonicidio*, pero leyendo entre líneas se podía ver algo. Frescura, asombro, ganas de vivir. En cualquier caso, terminaba Bibiano su carta, no se mata a nadie por escribir mal, menos si aún no ha cumplido los veinte años.

En su exhibición aérea de El Cóndor, Wieder decía: *Aprendices del fuego.* Los generales que lo observaban desde el palco de honor de la pista pensaron, supongo que legítimamente, que se trataba del nombre de sus novias, sus amigas o tal vez el alias de algunas putas de Talcahuano. Algunos de sus más íntimos, sin embargo, supieron que Wieder estaba nombrando, conjurando, a mujeres muertas. Pero estos últimos no sabían nada de poesía. O eso creían. (Wieder, por supuesto, les decía que sí sabían, que sabían más que mucha gente, poetas y profesores, por ejemplo, la gente de los oasis o de los miserables desiertos inmaculados, pero sus rufianes no lo entendían o en el mejor de los casos pensaban con indulgencia que el teniente les decía eso para burlarse.) Para ellos lo que Wieder hacía a bordo del avión no pasaba de ser una *exhibición peligrosa*, peligrosa en todos los sentidos, pero no poesía.

Por aquellas fechas participó en otras dos exhibiciones aéreas, una en Santiago, en donde volvió a escribir versículos de la Biblia y del Renacer Chileno, y la otra en Los Ángeles (provincia de Bío-Bío), en donde compartió el cielo con otros dos pilotos que, a diferencia de Wieder, eran civiles, y además mucho mayores que él y con una larga trayectoria como publicistas del aire, y con los cuales dibujó, al alimón, una gran (y por momentos vacilante) bandera chilena en el cielo.

De él dijeron (en algunos periódicos, en la radio) que era capaz de las mayores proezas. Nada se le podía resistir. Su instructor en la Academia declaró que se trataba de un piloto innato, avezado, con instinto, capaz de pilotar cazas y cazabombarderos sin la menor dificultad. Un compañero en cuyo fundo pasó unas vacaciones durante la adolescencia confesó que Wieder ante el asombro y posterior enfado de sus padres había pilotado sin permiso un viejo Piper destartalado al que luego hizo aterrizar en una carretera vecinal estrecha y llena de baches. Ese verano, presumiblemente el del 68 (el verano austral que precedió en unos pocos meses a la génesis en una modesta portería de París de la *Escritura Bárbara*, movimiento literario que tendrá en los últimos años de su vida una importancia decisiva), Wieder lo pasó sin sus padres, un adolescente valiente y tímido (según su condiscípulo) del que uno podía esperar cualquier cosa, cualquier extravagancia, cualquier explosión, pero que al mismo tiempo se hacía querer por las personas que lo rodeaban. Mi madre y mi abuela lo adoraban (dice su condiscípulo), según ellas Wieder siempre parecía recién salido de un temporal, inerme, calado hasta los huesos por la lluvia, pero al mismo tiempo encantador.

En su apreciación social, no obstante, existían puntos negros: las malas compañías, gente oscura, parásitos de comisarías o del hampa con los que Wieder salía en ocasiones, siempre de noche, a beber o a encerrarse en locales de mala reputación. Pero los puntos no eran, bien mirado, más que eso: puntos negros, imperceptibles, que en nada afectaban su carácter ni sus maneras, mucho menos sus costumbres. Algo incluso imprescindible, conjeturaron algunos, para su carrera literaria que pretendía el conocimiento y el absoluto.

Una carrera que por aquellos días, los días de las exhibiciones aéreas, recibió el espaldarazo de uno de los más influyentes críticos literarios de Chile (algo que literariamente hablando no quiere decir casi nada, pero que en Chile, desde los tiempos de Alone, significa mucho), un tal Nicasio Ibacache, anticuario y católico de misa diaria aunque amigo personal de Neruda y antes de Huidobro y corresponsal de Gabriela Mistral y blanco predilecto de Pablo de Rokha y descubridor (según él) de Nicanor Parra, en fin, un tipo que sabía inglés y francés y que murió a finales de los setenta de un ataque al corazón. En su columna semanal de *El Mercurio* Ibacache escribió una glosa sobre la peculiar poesía de Wieder. El texto en cuestión decía que nos encontrábamos (los lectores de Chile) ante el gran poeta de los nuevos tiempos. Luego, como era habitual en él, se dedicaba a darle públicamente algunos consejos a Wieder y se explayaba en comentarios crípticos y en ocasiones incoherentes sobre diferentes ediciones de la Biblia —ahí supimos que Wieder usó en su primera aparición sobre los cielos de Concepción y el Centro La Peña la Vulgata Latina traducida al español «conforme al sentido de los santos padres y espositores católicos» por el Ilmo. Sr. D. Felipe Scio de S. Miguel y publicada en varios tomos por Gaspar y Roig Editores, Madrid, 1852, tal y como, decía Ibacache, le había confiado el propio Wieder durante una larga conversación telefónica nocturna en la que él le preguntó por qué no utilizó la traducción del reverendo padre Scio y la respuesta de Wieder fue: porque el latín se incrustaba mejor en el cielo; aunque en realidad Wieder debió emplear la palabra «empotrar», el latín se empotra mejor en el cielo, lo que por otra parte no le impidió utilizar el español en sus siguientes apariciones— haciendo referencia, como no podía ser menos, a varias Biblias nombradas por Borges e incluso a la Biblia de Jerusalén traducida al español por Raimundo Pellegrí y publicada en Valparaíso en 1875, edición maldita que según Ibacache presagiaba y anticipaba la Guerra del Pacífico que pocos años después enfrentaría a Chile con la Alianza Peruano-Boliviana. En lo referente a los consejos, alertaba al *joven poeta* de los peligros de una «gloria demasiado temprana», de los inconvenientes de la vanguardia literaria «que puede crear confusión en las fronteras que separan a la poesía de la pintura y del teatro o mejor dicho del suceso plástico y del suceso teatral», de la necesidad de no cejar en la formación permanente, es decir, en buenas cuentas, Ibacache aconsejaba a Wieder que no dejara de leer. Lea, joven, parecía decir, lea a los poetas ingleses, a los poetas franceses, a los poetas chilenos y a Octavio Paz.

La apología de Ibacache, la única que el ubérrimo crítico escribió sobre Wieder, iba ilustrada con dos fotografías. En la primera se ve un avión, o tal vez sea una avioneta, y su piloto en medio de una pista que se adivina modesta y presumiblemente militar. La foto está tomada a cierta distancia por lo que las facciones de Wieder son borrosas. Viste chaqueta de cuero con cuello de piel, una gorra de plato de las Fuerzas Aéreas Chilenas, pantalones vaqueros y botas a tono con los pantalones. El titular de la foto reza: *El teniente Carlos Wieder en el aeródromo de Los Muleros.* En la segunda foto se observa, con más voluntad que claridad, algunos de los versos que el poeta escribiera sobre el cielo de Los Ángeles, después de la magna composición de la bandera chilena.

Poco antes yo había salido del Centro La Peña, en libertad sin cargos, como la mayoría de los que por allí pasamos. Los primeros días no me moví de casa, al grado de provocar la alarma en mi madre y en mi padre y la burla en mis dos hermanos pequeños que con toda la razón del mundo me tildaron de cobarde. Al cabo de una semana recibí la visita de Bibiano O'Ryan. Tenía, dijo cuando nos quedamos solos en mi cuarto, dos noticias, una buena y otra mala. La buena era que nos habían expulsado de la universidad. La mala era que habían desaparecido casi todos nuestros amigos. Le dije que probablemente estaban detenidos o se habían largado, como las hermanas Garmendia, a la casa de campo. No, dijo Bibiano, las gemelas también han desaparecido. Dijo «gemelas» y se le quebró la voz. Lo que siguió a continuación es difícil de explicar (aunque en esta historia todo es difícil de explicar), Bibiano se arrojó a mis brazos (literalmente), yo estaba sentado a los pies de la cama, y se echó a llorar desconsoladamente sobre mi pecho. Al principio pensé que le había dado un ataque de algo. Luego me di cuenta, sin el menor asomo de duda, que nunca más veríamos a las hermanas Garmendia. Después Bibiano se levantó, se acercó a la ventana y no tardó en rehacerse. Todo entra en el campo de las conjeturas, dijo dándome la espalda. Sí, dije sin saber a qué se refería. Hay una tercera noticia, dijo Bibiano, como no podía ser menos. ¿Buena o mala?, pregunté. Sobrecogedora, dijo Bibiano. Adelante, dije, pero de inmediato añadí: no, espera, déjame respirar, que era como decir déjame mirar mi cuarto, mi casa, la cara de mis padres por última vez.

Esa noche fuimos con Bibiano a ver a la Gorda Posadas. A simple vista parecía igual que siempre, incluso mejor, más animada. Hiperactiva, no paraba de moverse de un lado a otro, lo que a la larga crispaba los nervios de quien estuviera con ella. No la habían expulsado de la universidad. La vida seguía. Era necesario hacer cosas (las que fuera, cambiar de puesto un florero cinco veces en media hora, para no volverse loca) y encontrar el lado positivo de cada situación, es decir, afrontar las situaciones una por una y no todas al mismo tiempo como tenía por costumbre hasta entonces. Y madurar. Pero pronto descubrimos que lo de la Gorda era miedo. Estaba más asustada de lo que nunca había estado en su vida. Vi a Alberto, me dijo. Bibiano asintió con la cabeza, él ya conocía la historia y tuve la impresión de que dudaba de la veracidad de algunos pasajes de ésta. Me llamó por teléfono, dijo la Gorda, quería que fuera a verlo a su casa. Le dije que él nunca estaba en su casa. Me preguntó cómo lo sabía y se rió. Ya le noté en la voz un tonito como velado, pero Alberto siempre ha sido medio secreto y no le di importancia. Lo fui a ver. Quedamos a una hora y allí me presenté, puntual. La casa estaba vacía. ¿No estaba Ruiz-Tagle? Sí, dijo la Gorda, pero la casa estaba vacía, ya no quedaba ni un mueble. ¿Te mudas, Alberto?, le dije. Sí, gordita, me dijo él, ¿se nota? Yo estaba muy nerviosa, pero me controlé y le comenté que últimamente todo el mundo se mandaba a mudar. Él me preguntó quién era todo el mundo. Diego Soto, le dije, se ha ido de Concepción. Y también la Carmen Villagrán. Y te nombré a ti (yo), que por entonces no sabía dónde te habías metido, y a las hermanas Garmendia. A mí no me nombraste, dijo Bibiano, de mí no dijiste nada. No, de ti no dije nada. ¿Y Alberto qué dijo? La Gorda me miró y sólo entonces me di cuenta que no sólo era inteligente sino también fuerte y que sufría mucho (pero no por cuestiones políticas, la Gorda sufría porque pesaba más de ochenta kilos y porque contemplaba el espectáculo, el espectáculo del sexo y de la sangre, también el del amor, desde una platea sin salida al escenario, incomunicada, blindada). Dijo que las ratas siempre huían. Yo no pude dar crédito a lo que acababa de oír y le dije ¿qué has dicho? Entonces Alberto se giró y me miró con una gran sonrisa en la cara. Esto se acabó, gordita, dijo. Entonces a mí me dio miedo y le dije que se dejara de enigmas y me contara algo más entretenido. Déjate de huevadas, conchaetumadre, y respóndeme cuando te estoy hablando. En mi vida había sido más vulgar, dijo la Gorda. Alberto parecía una serpiente. No: parecía un faraón egipcio. Sólo se sonrió y siguió mirándome aunque por momentos tuve la impresión de que se movía por el apartamento vacío. ¿Pero cómo se podía mover si estaba quieto? Las Garmendia están muertas, dijo. La Villagrán también. No lo creo, dije. ¿Por qué van a estar muertas? ¿Me querís asustar, huevón? Todas las poetisas están muertas, dijo. Ésa es la verdad, gordita, y tú harías bien en creerme. Estábamos sentados en el suelo. Yo en un rincón y él en el centro del living. Te juro que pensé que me iba a pegar, que de repente, pillándome por sorpresa, me iba a empezar a dar de cachuchazos. Por un momento creí que me haría pipí ahí mismo. Alberto no me quitaba la vista de encima. Quise preguntarle qué iba a pasar conmigo, pero no me salió la voz. Déjate de novelas, susurré. Alberto no me escuchó. Parecía que esperaba a alguien más. Nos quedamos sin hablar mucho rato. Sin querer, yo había cerrado los ojos. Cuando los abrí, Alberto estaba de pie apoyado en la puerta de la cocina, mirándome. Dormías, Gorda, me dijo. ¿Roncaba?, le pregunté. Sí, dijo, roncabas. Sólo entonces me di cuenta de que Alberto estaba resfriado. Tenía en la mano un enorme pañuelo amarillo con el que se sonó dos veces. Estás con la gripe, dije y le sonreí. Qué mala eres, Gorda, dijo él, sólo estoy constipado. Era el momento indicado para irse, así que me levanté y le dije que ya lo había molestado demasiado. Tú nunca eres una molestia para mí, dijo. Tú eres de las pocas que me entienden, Gorda, y eso es de agradecer. Pero hoy no tengo ni té ni vino ni whisky ni nada. Ya lo ves, estoy de traslado. Claro, dije. Le hice adiós con la mano, algo que no suelo hacer cuando estoy bajo techo sino al aire libre, y me fui.

¿Y qué pasó con las hermanas Garmendia?, dije yo. No lo sé, dijo la Gorda volviendo de su ensoñación, ¿cómo quieres que lo sepa? ¿Por qué no te hizo nada?, dijo Bibiano. Porque de verdad éramos amigos, supongo, dijo la Gorda.

Seguimos hablando durante mucho rato. *Wieder*, según Bibiano nos contó, quería decir «otra vez», «de nuevo», «nuevamente», «por segunda vez», «de vuelta», en algunos contextos «una y otra vez», «la próxima vez» en frases que apuntan al futuro. Y según le había dicho su amigo Anselmo Sanjuán, ex estudiante de filología alemana en la Universidad de Concepción, sólo a partir del siglo XVII el adverbio *Wieder* y la preposición de acusativo *Wider* se distinguían ortográficamente para diferenciar mejor su significado. *Wider*, en antiguo alemán *Widar* o *Widari*, significa «contra», «frente a», a veces «para con». Y lanzaba ejemplos al aire: *Widerchrist*, «anticristo»; *Widerhaken*, «gancho», «garfio»; *Widerraten*, «disuasión»; *Widerlegung*, «apología», «refutación»; *Widerlage*, «espolón»; *Widerklage*, «contraacusación», «contradenuncia»; *Widernatürlichkeit*, «monstruosidad» y «aberración». Palabras todas que le parecían altamente reveladoras. E incluso, ya entrado en materia, decía que *Weide* significaba «sauce llorón», y que *Weïden* quería decir «pastar», «apacentar», «cuidar animales que pastan», lo que lo llevaba a pensar en el poema de Silva Acevedo, *Lobos y Ovejas*, y en el carácter profético que algunos pretendían observar en él. E incluso *Weïden* también quería decir regodearse morbosamente en la contemplación de un objeto que excita nuestra sexualidad y/o nuestras tendencias sádicas. Y entonces Bibiano nos miraba a nosotros y abría mucho los ojos y nosotros lo mirábamos a él, los tres quietos, con las manos juntas, como si estuviéramos reflexionando o rezando. Y después volvía a Wieder, exhausto, aterrorizado, como si el tiempo estuviera pasando junto a nosotros como un terremoto, y apuntaba la posibilidad de que el abuelo del piloto Wieder se hubiera llamado Weider y que en las oficinas de emigración de principios de siglo una errata hubiera convertido a Weider en Wieder. Eso si no se llamaba *Bieder*, «probo», «modoso», habida cuenta que la labidental W y la bidental B confunden fácilmente al oído. Y también recordaba que el sustantivo *Widder* significa «carnero» y «aries», y aquí uno podía sacar todas las conclusiones que quisiera.

Dos días después la Gorda llamó a Bibiano y le dijo que Alberto Ruiz-Tagle era Carlos Wieder. Lo había reconocido por la foto del *Mercurio*. Cosa bastante improbable, como me hizo notar Bibiano, semanas o meses después, puesto que la foto era borrosa y poco fiable.

¿En qué se basaba la Gorda para su identificación? En un séptimo sentido, me parece, dijo Bibiano, ella cree reconocer a Ruiz-Tagle por la *postura*. En cualquier caso, en ese tiempo Ruiz-Tagle había desaparecido para siempre y sólo teníamos a Wieder para llenar de sentido nuestros días miserables.

Bibiano comenzó a trabajar por entonces como dependiente en una zapatería. La zapatería no era ni buena ni mala y estaba en un barrio cercano al centro, entre librerías de lance que poco a poco fueron cerrando sus puertas, restaurantes de medio pelo en donde los camareros cazaban a los clientes en plena calle con invitaciones fabulosas y un tanto equívocas y tiendas de ropa estrechas y alargadas y de iluminación exigua. Por supuesto, nunca más volvimos a pisar un taller de literatura. A veces Bibiano me explicaba sus proyectos: quería escribir en inglés fábulas que transcurrirían en la campiña irlandesa, quería aprender francés, al menos para poder leer a Stendhal en su propia lengua, soñaba con encerrarse *dentro* de Stendhal y dejar que pasaran los años (aunque él mismo, contradiciéndose en el acto, decía que eso era posible con Chateaubriand, el Octavio Paz del siglo XIX, pero no con Stendhal, nunca con Stendhal), quería, finalmente, escribir un libro, una antología de la literatura nazi americana. Un libro magno, decía cuando lo iba a buscar a la salida de la zapatería, que cubriría todas las manifestaciones de la literatura nazi en nuestro continente, desde Canadá (en donde los quebequeses podían dar mucho juego) hasta Chile, en donde seguramente iba a encontrar tendencias para todos los gustos. Mientras tanto no olvidaba a Carlos Wieder y juntaba todo lo que aparecía sobre él o sobre su obra con la pasión y la dedicación de un filatelista.

Corría el año de 1974, si la memoria no me engaña. Un buen día la prensa nos informó que Carlos Wieder, bajo el mecenazgo de varias empresas privadas, volaba al Polo Sur. El viaje fue difícil y plagado de escalas, pero en todos los lugares donde aterrizaba escribía sus poemas en el cielo. Eran los poemas de una nueva edad de hierro para la raza chilena, decían sus admiradores. Bibiano siguió el viaje paso a paso. A mí, la verdad, ya no me interesaba tanto lo que pudiera hacer o dejar de hacer aquel teniente de la Fuerza Aérea. Una vez Bibiano me enseñó una foto: ésta era mucho mejor que aquella en la que la Gorda creyó reconocer a Ruiz-Tagle. En efecto, Wieder y Ruiz-Tagle se parecían, pero yo por entonces en lo único en que pensaba era en abandonar el país. Lo cierto es que, tanto en la foto como en las declaraciones, ya no quedaba nada de aquel Ruiz-Tagle tan ponderado, tan mesurado, tan encantadoramente inseguro (incluso tan autodidacta). Wieder era la seguridad y la audacia personificadas. Hablaba de poesía (no de poesía chilena o poesía latinoamericana, sino de poesía y punto) con una autoridad que desarmaba a cualquier interlocutor (aunque he de decir que sus interlocutores de entonces eran periodistas adictos al nuevo régimen, incapaces de llevarle la contraria a un oficial de nuestra Fuerza Aérea) y aunque por la transcripción de sus palabras uno percibía un discurso lleno de neologismos y torpezas, algo natural en nuestra lengua adversa, adivinaba, también, la fuerza de ese discurso, la pureza y la tersura terminal de ese discurso, reflejo de una voluntad sin fisuras.

Antes de emprender el último salto (desde Punta

Arenas a la base antártica de Arturo Prat) se le hizo una cena-homenaje en un restaurante de la ciudad. Wieder, según los relatos, bebió más de la cuenta y abofeteó a un marino que no guardó el debido respeto a una dama; sobre esta mujer circulan varias versiones; todas coinciden en que los organizadores no la invitaron y que ninguno de los asistentes la conocía; la única explicación plausible a su presencia allí es que se colara por las buenas o que viniera con Wieder. Éste se refería a ella como «mi dama» o «mi damisela». La mujer tenía alrededor de veinticinco años, era alta, de pelo negro y cuerpo bien proporcionado. En un momento de la cena-homenaje, tal vez a los postres, le gritó a Wieder: ¡Carlos, mañana te vas a matar! A todos les pareció de pésimo gusto. Entonces ocurrió el incidente con el marino. Luego hubo discursos y a la mañana siguiente, después de dormir tres o cuatro horas, Wieder voló hasta el Polo Sur. El viaje fue pródigo en incidentes y en más de una ocasión estuvo a punto de cumplirse el pronóstico de la desconocida, a la que por cierto ninguno de los invitados volvió a ver. Cuando regresó a Punta Arenas Wieder declaró que el mayor peligro había sido el silencio. Ante el estupor fingido o real de los periodistas, explicó que el silencio eran las olas del Cabo de Hornos estirando sus lenguas hacia el vientre del avión, olas como descomunales ballenas melvilleanas o como manos cortadas que intentaron tocarlo durante todo el trayecto, pero silenciosas, amordazadas, como si en aquellas latitudes el sonido fuera materia exclusiva de los hombres. El silencio es como la lepra, declaró Wieder, el silencio es como el comunismo, el silencio es como una pantalla blanca que hay que llenar. Si la llenas, ya nada malo puede ocurrirte. Si eres puro, ya nada malo puede ocurrirte. Si no tienes miedo, ya nada malo puede ocurrirte. Según Bibiano, aquélla era la descripción de un ángel. ¿Un ángel fieramente humano?, pregunté. No, huevón, respondió Bibiano, el ángel de nuestro infortunio.

Sobre el límpido cielo de la base Arturo Prat Wieder escribió LA ANTÁRTIDA ES CHILE y fue filmado y fotografiado. También escribió otros versos, versos sobre el color blanco y el color negro, sobre el hielo, sobre lo oculto, sobre la sonrisa de la Patria, una sonrisa franca, fina, nítidamente dibujada, una sonrisa *parecida a un ojo* y que, en efecto, nos mira, y después volvió a Concepción y más tarde fue a Santiago en donde apareció por la televisión (vi el programa a la fuerza: Bibiano no tenía tele en la pensión donde vivía y fue a verlo a mi casa) y sí, Carlos Wieder era Ruiz-Tagle (qué jeta ponerse Ruiz-Tagle, dijo Bibiano, se fue a buscar un buen apellido), pero como si no lo fuera, eso me pareció a mí, la tele de mis padres era en blanco y negro (mis padres estaban felices de que Bibiano estuviera allí, viendo la televisión y cenando con nosotros, como si presintieran que yo me iba a ir y que ya no volvería a tener un amigo como él) y la palidez de Carlos Wieder (una palidez fotogénica) lo hacía semejante no sólo a la sombra que había sido Ruiz-Tagle sino a muchas otras sombras, a otros rostros, a otros pilotos fantasmales que también volaban de Chile a la Antártida y de la Antártida a Chile a bordo de aviones que el loco Norberto desde el fondo de la noche decía que eran cazas Messerschmitt, escuadrillas de Messerschmitt escapados de la Segunda Guerra Mundial. Pero Wieder, lo sabíamos, no volaba en escuadrilla. Wieder volaba en un pequeño avión y volaba solo.

4

La historia de Juan Stein, el director de nuestro taller
de literatura, es desmesurada como el Chile de aquellos
años.

Nacido en 1945, en el momento del Golpe tenía dos
libros publicados, uno en Concepción (500 ejemplares) y
otro en Santiago (500 ejemplares), que en conjunto no
sumaban más de cincuenta páginas. Sus poemas eran
breves, influido a partes iguales por Nicanor Parra y Ernesto Cardenal, como la mayoría de los poetas de su generación, y por la poesía lárica de Jorge Teillier, aunque
Stein nos recomendaba leer a Lihn más que a Teillier.
Sus gustos eran en no pocas ocasiones distintos e incluso
antagónicos a los nuestros: no apreciaba a Jorge Cáceres
(el surrealista chileno por el que nosotros sentíamos adoración), ni a Rosamel del Valle, ni a Anguita. Le gustaba
Pezoa Véliz (algunos de cuyos poemas sabía de memoria), Magallanes Moure (una frivolidad que nosotros
compensábamos frecuentando la poesía del horrible Brau-
lio Arenas), los poemas geográficos y gastronómicos de
Pablo de Rokha (que nosotros —y cuando digo nosotros,

ahora caigo en la cuenta, creo que me refiero únicamente a Bibiano O'Ryan y a mí, de los demás he olvidado hasta sus filias y fobias literarias– eludíamos como quien elude un foso demasiado profundo y porque siempre es preferible leer a Rabelais), la poesía amorosa de Neruda y *Residencia en la Tierra* (que a nosotros, con neruditis desde la más tierna infancia, nos producía alergia y eccemas en la piel). Coincidíamos en los ya mencionados Parra, Lihn y Teillier, aunque con matices y reservas en algunas parcelas de su obra (la aparición de *Artefactos*, que a nosotros nos encantó, hizo que Stein, entre la indignación y la perplejidad, escribiera una carta al viejo Nicanor recriminándole algunos de los chistes que se permitía hacer en aquel momento crucial de la lucha revolucionaria en América Latina; Parra le contestó al dorso de una postal de *Artefactos* diciéndole que no se preocupara, que nadie, ni en la derecha ni en la izquierda, leía, y Stein, me consta, guardó la postal con cariño), y también nos gustaba Armando Uribe Arce, Gonzalo Rojas y algunos poetas de la generación de Stein, es decir los nacidos en la década de los cuarenta, a quienes frecuentábamos más por cercanía física que por afinidad estética pero que fueron probablemente quienes más nos influyeron. Juan Luis Martínez (que nos parecía una pequeña brújula perdida en el país), Oscar Hahn (que nació a finales de los treinta pero era lo mismo), Gonzalo Millán (que en dos ocasiones estuvo en el taller leyéndonos sus poemas, todos breves, pero *muchísimos* poemas), Claudio Bertoni (que era casi como de nuestra generación, los nacidos en la década del cincuenta), Jaime Quezada (que un día se emborrachó con nosotros y se puso a rezar una novena de rodillas y a grito pelado),

Waldo Rojas (que fue de los primeros en distanciarse de una cierta «poesía fácil» que hizo furor en aquellos tiempos, los saldos de Parra y Cardenal) y, por supuesto, Diego Soto, para Stein el mejor poeta de su generación y para nosotros *uno* de los dos mejores. El otro era Stein.

Muchas veces fuimos a su casa, Bibiano y yo, una casita pequeña cerca de la Estación que Stein arrendaba desde sus tiempos de estudiante en la Universidad de Concepción y que, ya de profesor en la misma universidad, aún conservaba. La casa, más que de libros, estaba llena de mapas. Eso fue lo primero que nos llamó la atención a Bibiano y a mí, encontrar tan pocos libros (en comparación, la casa de Diego Soto parecía una biblioteca) y tantos mapas. Mapas de Chile, de la Argentina, del Perú, mapas de la Cordillera de los Andes, un mapa de carreteras de Centroamérica que nunca más he vuelto a ver, editado por una Iglesia protestante norteamericana, mapas de México, mapas de la Conquista de México, mapas de la Revolución Mexicana, mapas de Francia, de España, de Alemania, de Italia, un mapa de los ferrocarriles ingleses y un mapa de los viajes en tren de la literatura inglesa, mapas de Grecia y de Egipto, de Israel y del Cercano Oriente, de la ciudad de Jerusalén antigua y moderna, de la India y de Pakistán, de Birmania, de Camboya, un mapa de las montañas y ríos de China y uno de los templos sintoístas del Japón, un mapa del desierto australiano y uno de la Micronesia, un mapa de la Isla de Pascua y un mapa de la ciudad de Puerto Montt, en el sur de Chile.

Tenía muchos mapas, como suelen tenerlos aquellos que desean fervientemente viajar y aún no han salido de su país.

Junto a los mapas, enmarcadas y colgadas de la pared había dos fotografías. Ambas eran en blanco y negro. En una se veía a un hombre y a una mujer sentados a la puerta de su casa. El hombre se parecía a Juan Stein, el pelo rubio pajizo y los ojos azules rodeados por unas ojeras profundas. Eran, nos dijo, su padre y su madre. La otra era el retrato —un retrato oficial— de un general del Ejército Rojo llamado Iván Cherniakovski. Según Stein, aquél había sido el mejor general de la Segunda Guerra Mundial. Bibiano, que entendía de esas cosas, nombró a Zhukov, a Koniev, a Rokossovski, a Vatutin, a Malinovski pero Stein se mantuvo firme: Zhukov había sido brillante y frío, Koniev era duro, probablemente un hijo de puta, Rokossovski tenía talento y tenía a Zhukov, Vatutin era un buen general pero no mejor que los generales alemanes que tuvo enfrente, de Malinovski se podía decir casi lo mismo, ninguno podía compararse a Cherniakovski (tal vez si se juntara en una sola persona a Zhukov, a Vassilievski y a los tres mejores comandantes de tropas blindadas). Cherniakovski poseía un talento natural (si es que esto es posible en el arte de la guerra), era amado por sus hombres (hasta donde pueden querer los soldados a un general) y además era joven, el más joven de los generales al mando de un ejército (llamados «frentes» en la Unión Soviética) y uno de los pocos altos mandos muerto en primera línea, en 1945, cuando ya la guerra estaba ganada, a los treinta y nueve años de edad.

Pronto comprendimos que entre Stein y Cherniakovski había algo más que una admiración por las dotes de estratega y de táctico del general soviético. Una tarde, hablando de política, le preguntamos cómo era posible que él, un trotskista, se hubiera rebajado a pedir a la embajada soviética la foto del general. Hablábamos en broma, pero Stein no lo entendió así y confesó inocentemente que la foto era un regalo de su madre, la cual era prima carnal de Iván Cherniakovski. Fue ella quien la pidió a la embajada, muchos años atrás, en calidad de pariente directa del héroe. Cuando él se marchó de su casa para venir a estudiar a Concepción, la madre le dio la foto sin decirle nada más. Después habló de los Cherniakovski de la Unión Soviética, judíos ucranianos muy pobres, y de los destinos disímiles que los habían desparramado por el mundo. En claro sacamos que el padre de su madre era hermano del padre del general, lo que a él lo hacía sobrino. A Stein ya lo admirábamos, diría que incondicionalmente, pero a partir de aquella revelación nuestra admiración creció hasta el infinito. Sobre Cherniakovski, con los años, supimos más cosas: fue jefe de una división blindada en los primeros meses de la guerra, la 28ª División de carros de combate, combatió, siempre retrocediendo, en los Países Bálticos y en la zona de Novgorod, después estuvo sin destino hasta que le dieron el mando de un cuerpo (que en la terminología militar soviética equivale a una división) en la región de Voronesh, supeditado al mando del 60º Ejército (que en la terminología militar soviética equivale a un cuerpo) hasta que durante la ofensiva nazi del 42 destituyeron al comandante del 60º Ejército y le ofrecieron el puesto a él, el oficial más joven, provocando las consiguientes envidias y resquemores, que estuvo bajo las órdenes de Vatutin (por entonces al mando del Frente de Voronesh, que en la terminología militar soviética equivale a un ejército, pero creo que esto ya lo he dicho) a quien respetaba y apreciaba, que convirtió al 60º Ejército en una máquina de guerra invicta, que avanzó y avanzó por las tierras de Rusia y luego por las tierras de Ucrania sin que nadie lo pudiera detener, que en 1944 fue ascendido al mando de un Frente, el Tercer Frente de Bielorrusia, que durante la ofensiva de 1944 es a él a quien se debe la destrucción del Grupo de Ejércitos Centro, que comprendía a cuatro ejércitos alemanes, y que probablemente constituyó el mayor de todos los golpes recibidos por los nazis durante la Segunda Guerra Mundial, peor que el Cerco de Stalingrado o que el Desembarco de Normandía, peor que la Operación Cobra o que el cruce del Dnieper (en donde él estuvo), peor que la contraofensiva de las Árdenas o que la batalla de Kursk (en donde él estuvo). Supimos también que de los ejércitos rusos que participaron en la Operación Bagration (la destrucción del Grupo de Ejércitos Centro) el que más se distinguió, de lejos, fue el Tercer Frente de Bielorrusia, que su avance fue imparable y de una velocidad y profundidad hasta entonces nunca vista, que fue el primero en llegar a Prusia Oriental, que perdió a sus padres cuando era un adolescente, que estuvo de allegado en casas que no eran su casa y con familias que no eran su familia, que sufrió el escarnio y las humillaciones que sufrían los judíos, que demostró a quienes lo despreciaron que no sólo era igual que ellos sino mucho mejor, que durante su infancia presenció cómo los seguidores de Petliura (nacionalistas ucranianos) torturaron y luego quisieron asesinar a su padre en la aldea de Vérbovo (en donde las casitas blancas se diseminan por las vertientes de lomas suaves), que su adolescencia fue una mezcla de Dickens y Makarenko, que durante la guerra perdió a su hermano Alexander y que la noticia le fue ocultada toda una tarde y toda una noche porque Iván Cherniakovski estaba dirigiendo otra de sus ofensivas, que murió solo en medio de una carretera, que fue dos veces Héroe de la Unión Soviética, que obtuvo la Orden de Lenin, cuatro órdenes de la Bandera Roja, dos órdenes de Suvórov de Primer Grado, la Orden de Kutúzov de Primer Grado, la Orden de Bogdan Jmelnitzki de Primer Grado y numerosas, incontables medallas, que por iniciativa del Gobierno y del partido se erigieron monumentos suyos en Vilnius y Vinnitsa (el de Vilnius seguramente hoy ya no existe y el de Vinnitsa probablemente también haya sido derribado), que la ciudad de Insterburg en la antigua Prusia Oriental se llama ahora, en su honor, Cherniajovsk, que el koljós de la aldea de Vérbovo en el distrito Tomashpolsky lleva también su nombre (hoy ni siquiera existen los koljoses), y que en la aldea de Oksánino del distrito Umanski de la región de Cherkassi se levantó un busto de bronce en celebración del gran general (me juego la paga de un mes que el busto de bronce ha sido reemplazado; hoy el héroe es Petliura; mañana quién sabe). En fin, como dice Bibiano citando a Parra: así pasa la gloria del mundo, sin gloria, sin mundo, sin un miserable sandwich de mortadela.

Pero lo cierto es que el retrato de Cherniakovski, enmarcado con una cierta ampulosidad, estaba allí, en la casa de Juan Stein, y eso probablemente fuera mucho más importante (me atrevería a decir que infinitamente más importante) que los bustos y las ciudades con su nombre y las innumerables calles Cherniakovski mal asfaltadas de Ucrania, Bielorrusia, Lituania y Rusia. No sé por qué tengo la foto, nos dijo Stein, seguramente porque es el único general judío de cierta importancia de la

Segunda Guerra Mundial y porque su destino fue trágico. Aunque es más probable que la conserve porque me la regaló mi madre cuando me marché de casa, como una suerte de enigma: mi madre no me dijo nada, sólo me regaló el retrato, ¿qué me quiso decir con ese gesto?, ¿el regalo de la foto era una declaración o el inicio de un diálogo? Etcétera, etcétera. A las hermanas Garmendia la foto de Cherniakovski les parecía más bien horrible y hubieran preferido ver colgado un retrato de Blok, que les parecía verdaderamente buen mozo, o uno de Maiacovski, el amante ideal. ¿Qué hace un sobrino de Cherniakovski enseñando literatura en el sur de Chile?, se preguntaba a veces Stein, preferentemente borracho. Otras veces decía que iba a utilizar el marco para poner una fotografía que tenía de William Carlos Williams vestido con los aperos de médico de pueblo, es decir con el maletín negro, el estetoscopio que sobresale como una serpiente bicéfala y casi cae del bolsillo de una vieja chaqueta raída por los años pero cómoda y efectiva contra el frío, caminando por una larga acera tranquila bordeada de rejas de madera pintadas de blanco o verde o rojo, tras las cuales se adivinan pequeños patios o pequeñas porciones de césped —y algún cortacésped abandonado en mitad del trabajo—, con un sombrero de ala corta, de color oscuro, y los lentes muy limpios, casi brillantes, pero con un brillo que no invita a los excesos ni a los extremos, ni muy feliz ni muy triste y sin embargo contento (tal vez porque va calentito dentro de su chaqueta, tal vez porque sabe que el paciente al que visita no se va a morir), caminando sereno, digamos, a las seis de la tarde de un día de invierno.

Pero nunca cambió el retrato de Cherniakovski por

la pretendida foto de William Carlos Williams. Sobre la autenticidad de esta última algunos miembros del taller y en ocasiones el propio Stein teníamos algunas reservas. Según las Garmendia más que William Carlos Williams parecía el presidente Truman disfrazado de *algo*, no necesariamente de médico, caminando de incógnito por las calles de su pueblo. Para Bibiano se trataba de un hábil fotomontaje: el rostro era de Williams, el cuerpo era de otro, tal vez efectivamente un médico de pueblo, y el fondo estaba compuesto por varios retazos: las cercas de madera, por un lado, el césped y el cortacésped por el otro, los pajaritos sobre las cercas e incluso sobre el volante del cortacésped, el cielo gris claro del atardecer, todo provenía de ocho o nueve fotos diferentes. Stein no sabía qué decir aunque admitía todas las posibilidades. De todas maneras la llamaba «la foto del doctor Williams» y no se deshacía de ella (a veces la llamaba la foto del doctor Norman Rockwell o la foto del doctor William Rockwell). Era, sin duda, uno de sus objetos más preciados, lo que no debe extrañar a nadie, pues Stein era pobre y tenía pocas cosas. En una ocasión (discutíamos sobre la belleza y la verdad) Verónica Garmendia le preguntó qué veía él en la foto de Williams si sabía casi con toda seguridad que no era Williams. Me gusta la foto, admitió Stein, me gusta creer que es William Carlos Williams. Pero sobre todo, añadió al cabo de un rato, cuando nosotros ya estábamos enfrascados con Gramsci, me gusta la tranquilidad de la foto, la certeza de saber que Williams está haciendo su trabajo, que va camino a su trabajo, a pie, por una vereda apacible, sin correr. E incluso más tarde, cuando nosotros hablábamos de los poetas y de la Comuna de París, dijo: *no sé*, casi en un susurro y creo que nadie le oyó.

Después del Golpe Stein desapareció y durante mucho tiempo Bibiano y yo lo dimos por muerto.

De hecho, todo el mundo lo dio por muerto, a todo el mundo le pareció natural que hubieran matado al cabrón judío bolchevique. Una tarde Bibiano y yo nos acercamos a su casa. Teníamos miedo de llamar a la puerta porque en nuestra paranoia imaginábamos que la casa podía estar vigilada e incluso que podía abrirnos la puerta un policía, invitarnos a pasar y no dejarnos salir nunca más. Así que pasamos enfrente de la casa tres o cuatro veces, no vimos luces y nos alejamos más bien con una pesada sensación de vergüenza y también con un secreto alivio. Una semana más tarde, sin decirnos nada, volvimos a pasar por la casa de Stein. Nadie contestó a nuestra llamada. Una mujer nos miró fugazmente desde una ventana, en la casa de al lado, y la escena además de traernos a la memoria momentos indeterminados de varias películas consiguió acrecentar la sensación de soledad y abandono que nos producía no sólo la casa de Stein sino la calle entera. La tercera vez que fuimos nos abrió la puerta una mujer joven a la que seguían un par de niños no mayores de tres años: uno caminaba y el otro gateaba. Nos dijo que ahora su marido y ella vivían allí, que no conoció al anterior inquilino, que si queríamos saber algo fuéramos a hablar con la arrendadora. Era una mujer simpática. Nos hizo pasar y nos ofreció una taza de té que Bibiano y yo rechazamos. No queremos molestar, dijimos. De las paredes habían desaparecido los mapas y la foto del general Cherniakovski. ¿Era un amigo muy querido y se fue de repente, sin avisar?, dijo la mujer con una sonrisa. Sí, dijimos, algo así.

Poco después me marché de Chile definitivamente.

No recuerdo si vivía en México o en Francia cuando recibí una carta de Bibiano muy corta, en estilo telegráfico, casi un enigma o un nonsense (pero en donde se adivinaba, si más no, un Bibiano alegre), acompañada de un recorte de prensa, probablemente de un diario de Santiago. El recorte hacía alusión a varios «terroristas chilenos» que habían entrado a Nicaragua por Costa Rica con las tropas del Frente Sandinista. Uno de ellos era Juan Stein.

A partir de ese momento las noticias sobre Stein no escasearon. Aparecía y desaparecía como un fantasma en todos los lugares donde había pelea, en todos los lugares en donde los latinoamericanos, desesperados, generosos, enloquecidos, valientes, aborrecibles, destruían y reconstruían y volvían a destruir la realidad en un intento último abocado al fracaso. Lo vi en un documental sobre la toma de Rivas, la ciudad sureña de Nicaragua, con el pelo cortado a tijeretazos, más flaco que antes, vestido mitad como militar y mitad como profesor de una universidad de verano, fumando en pipa y con los lentes rotos y atados con un alambre. Bibiano me envió un recorte en donde se decía que Stein y otros cinco antiguos militantes del MIR estuvieron combatiendo en Angola contra los sudafricanos. Más tarde recibí dos hojas fotocopiadas de una revista mexicana (entonces *seguro* que estaba en París) en donde se hacía referencia a las diferencias de los cubanos en Angola con algunos grupos de internacionalistas, entre ellos dos aventureros chilenos, únicos supervivientes (según ellos, y la charla con el periodista presumo que fue en un bar de Luanda por lo que también deduzco que estaban borrachos) de un grupo llamado Los Chilenos Voladores, nombre que me hizo evocar el del circo Las Águilas Humanas y sus interminables tournées anuales por el sur de Chile. Stein, por supuesto, era uno de los miristas supervivientes. De allí, supongo, pasó a Nicaragua. En Nicaragua hay momentos en que se le pierde la pista. Es uno de los lugartenientes de un sacerdote jefe guerrillero que muere en la toma de Rivas. Después manda un batallón o una brigada o es el segundo jefe de algo o pasa a la retaguardia a entrenar a jóvenes recién alistados. No participa en la entrada triunfal en Managua. Durante un tiempo desaparece otra vez. Se dice que es uno de los miembros del comando que asesina a Somoza en Paraguay. Se dice que está con la guerrilla colombiana. Incluso se dice que ha vuelto a África, que está en Angola o en Mozambique o con la guerrilla namibia. Vive en el peligro y como en las películas de vaqueros aún no se ha fundido la bala que pueda matarlo. Pero vuelve a América y durante un tiempo se establece en Managua. Según Bibiano, un poeta argentino, corresponsal suyo, le explica que durante un recital de poesía argentina, uruguaya y chilena organizada por este poeta (un tal Di Angeli) en el Centro Cultural de Managua uno de los asistentes, «un tipo rubio y alto, de lentes», realizó varias observaciones sobre la poesía chilena, sobre el criterio de selección de los textos leídos (los organizadores, entre ellos el propio Di Angeli, habían vetado por motivos políticos la inclusión de poemas de Nicanor Parra y Enrique Lihn), en una palabra, se cagó en los promotores de la lectura, al menos en lo que respecta a la parcela de la lírica chilena, pero eso sí, con mucha calma, sin ponerse violento, yo diría —decía Di Angeli— que con mucha ironía y algo de tristeza o de cansancio, vaya uno a saber. (Entre paréntesis, el tal Di Angeli, entre las incontables antenas epistolares que desde su zapatería de Concepción tenía Bibiano con el mundo, era uno de los más sinvergüenzas, cínicos y divertidos; típico arribista de izquierda, estaba dispuesto, sin embargo, a pedir perdón por sus omisiones y excesos de todo tipo; sus meteduras de pata, según Bibiano, eran antológicas y su triste vida en época de Stalin sin duda hubiera servido de modelo para una gran novela picaresca, aunque en la América Latina de los setenta sólo era eso, una vida triste, llena de pequeñas mezquindades, algunas hechas sin ni siquiera mala intención. Le hubiera ido mejor, decía Bibiano, en la derecha, pero, misterio, los Di Angeli son legión en las huestes de la izquierda; al menos, decía, *todavía* no se dedica a la *crítica literaria*, pero todo se andará. En efecto, durante la espantosa década de los ochenta repasé algunas revistas mexicanas y argentinas y encontré varios trabajos críticos de Di Angeli. Creo que había hecho carrera. En los noventa no he vuelto a toparme con su pluma, pero es que cada día leo menos revistas.) El caso es que Stein estaba de regreso en América. Y era, según Bibiano, el mismo Juan Stein de Concepción, el mismo sobrino de Iván Cherniakovski. Durante algún tiempo, el tiempo de un suspiro demasiado prolongado, se le pudo ver en sitios como la ya mencionada lectura de poetas del Cono Sur, en exposiciones de pintura, en compañía de Ernesto Cardenal (dos veces), en una función de teatro. Luego desaparece y ya nunca más se le vuelve a ver por Nicaragua. No ha ido demasiado lejos. Hay quien dice que está con la guerrilla guatemalteca, otros aseguran que lucha bajo la bandera del Frente Farabundo Martí. Bibiano y yo coincidimos en que una guerrilla con ese nombre se merecía tener a Stein de su lado. Aunque Stein probablemente hubiera matado con sus propias manos (en la distancia su ferocidad, su implacabilidad se agigantaba y distorsionaba como la de un personaje de una película de Hollywood) a los responsables de la muerte de Roque Dalton. ¿Cómo conciliar en el mismo sueño o en la misma pesadilla al sobrino de Cherniakovski, el judío bolchevique de los bosques del sur de Chile, con los hijos de puta que mataron a Roque Dalton mientras *dormía*, para cerrar la discusión y porque así convenía a su revolución? Imposible. Pero lo cierto es que allí está Stein. Y participa en varias ofensivas y golpes de mano y un buen día desaparece y esta vez es para siempre. Por entonces yo ya vivía en España, trabajaba en trabajos ingratos, no tenía televisión y tampoco compraba muy a menudo el periódico. Según Bibiano, a Juan Stein lo mataron durante la última ofensiva del FMLN, la que llegó a conquistar algunos barrios de San Salvador y que gozó de una amplia cobertura informativa. Recuerdo haber visto trozos de esa lejana guerra en bares de Barcelona en donde comía o a donde entraba a beber, pero aunque la gente miraba la tele el ruido de las conversaciones o del entrechocar de platos que iban y venían impedía escuchar nada. Incluso las imágenes que guardo en la memoria (las imágenes que tomaron esos corresponsales de guerra) son brumosas y fragmentadas. Con total claridad sólo recuerdo dos cosas: las barricadas en las calles de San Salvador, unas barricadas pobrísimas, más bien puestos de tiro que barricadas, y la figura pequeña, morena y nervuda de uno de los comandantes del FMLN. Se hacía llamar comandante *Aquiles* o comandante *Ulises* y sé que poco después de hablar con la televisión lo mataron. Según Bibiano todos los comandantes de aquella ofensiva desesperada llevaban nombres de héroes y semidioses griegos. ¿Cuál sería el de Stein, comandante *Patroclo*, comandante *Héctor*, comandante *Paris*? No lo sé. *Eneas* seguro que no, *Ulises* tampoco. Al final de la batalla, en la recogida de cadáveres, apareció un tipo rubio y alto. En los archivos de la policía se consigna una descripción somera: cicatrices en brazos y piernas, viejas heridas, un tatuaje en el brazo derecho, un león rampante. La calidad del tatuaje es buena. Un trabajo de artesano, verdad de Dios, de los que no se hacen en El Salvador. En la Dirección de Información de la policía el desconocido rubio figura con el nombre de Jacobo Sabotinski, ciudadano argentino, antiguo miembro del ERP.

Muchos años después Bibiano fue a Puerto Montt y buscó la casa paterna de Juan Stein. No encontró a nadie con ese nombre. Había un Stone y dos Steiner y tres Steen de la misma familia. El Stone lo descartó enseguida. Visitó a los dos Steiner y a los tres Steen. Estos últimos poco pudieron decirle, no eran judíos, nada sabían de ninguna familia Stein o Cherniakovski, preguntaron a Bibiano si él era judío o si había dinero en el asunto. En esa época, supongo, Puerto Montt estaba embarcada de lleno en el crecimiento económico. Los Steiner sí que eran judíos, pero su familia venía de Polonia y no de Ucrania. El primer Steiner, un ingeniero agrónomo grande y con exceso de peso, no le fue de gran ayuda. La segunda Steiner, tía del anterior y profesora de piano en el Liceo, recordaba a una viuda Stein que en 1974 se había ido a vivir a Llanquihue. Pero esta señora, declaró la pianista, no era judía. Un poco confuso, Bibiano viajó a Llanquihue. Seguramente, pensó, la profesora de piano confundía a la viuda Stein debido a su judaísmo no practicante. Conociendo a Juan Stein y sus antecedentes familiares (el tío general del Ejército Rojo) no era de extrañar que fuesen ateos.

En Llanquihue no le costó mucho encontrar la casa de la viuda Stein. Era una casita de madera pintada de verde, en las afueras del pueblo. Cuando traspuso la reja un perro amistoso, de color blanco y con manchas negras como una vaca en miniatura, salió a recibirlo y al cabo de un rato, después de tocar un timbre que sonaba como una campana o que tal vez era una campana, abrió la puerta una mujer de unos treintaicinco años, una de las mujeres más guapas que Bibiano había visto nunca.

Preguntó si allí vivía la viuda Stein. Vivía, pero de eso hace mucho, contestó la mujer alegremente. Qué pena, dijo Bibiano, desde hace diez días que la ando buscando y pronto tendré que volver a Concepción. La mujer entonces lo hizo pasar, le dijo que estaba a punto de tomar once y si quería acompañarla, Bibiano dijo que sí, por supuesto, y después la mujer le confesó que la viuda Stein hacía ya tres años que había muerto. De pronto la mujer pareció entristecerse y Bibiano se dijo que la culpa era suya. La mujer había conocido a la viuda Stein y aunque nunca fueron amigas tenía una buena opinión de ella: una mujer un poco dominante, una de esas alemanas cuadradas, pero en el fondo una buena persona. Yo no la conocí, dijo Bi-

71

biano, en realidad la buscaba para darle la noticia de la muerte de su hijo, pero tal vez sea mejor así, siempre es terrible decirle a alguien que se le ha muerto un hijo. Eso es imposible, dijo la mujer. Ella sólo tenía un hijo y éste aún estaba vivo cuando ella murió, de él sí que puedo decir que fui amiga. Bibiano sintió que el pan con palta se le atragantaba. ¿Un solo hijo? Sí, un solterón muy buen mozo, no sé por qué no se casó nunca, supongo que era muy tímido. Entonces me debo haber confundido otra vez, dijo Bibiano, debemos estar hablando de dos familias Stein diferentes. ¿El hijo de la viuda ya no vive en Llanquihue? Murió el año pasado en un hospital de Valdivia, eso me dijeron, éramos amigos pero yo nunca lo fui a ver al hospital, no teníamos una amistad tan grande. ¿De qué murió? Creo que de cáncer, dijo la mujer mirando las manos de Bibiano. ¿Y era de izquierdas, verdad?, dijo Bibiano con un hilo de voz. Puede ser, dijo la mujer, repentinamente otra vez alegre, le brillaban los ojos, decía Bibiano, como no he visto brillar los ojos de nadie, era de izquierdas pero no militaba, era de la izquierda silenciosa, como tantos chilenos desde 1973. ¿No era judío, verdad? No, dijo la mujer, aunque quién sabe, a mí las cuestiones de religión la verdad es que no me interesan, pero no, no creo que fueran judíos, eran alemanes. ¿Cómo se llamaba él? Juan Stein. Juanito Stein. ¿Y qué hacía? Era profesor, aunque su afición era arreglar motores, de tractores, de cosechadoras, de pozos, de lo que fuera, un verdadero genio de los motores. Y se sacaba un buen sobresueldo con eso. A veces fabricaba él mismo las piezas de recambio. Juanito Stein. ¿Está enterrado en Valdivia? Me parece que sí, dijo la mujer y volvió a entristecerse.

Así que Bibiano fue al cementerio de Valdivia y durante todo un día, acompañado por uno de los encargados al que ofreció una buena propina, buscó la tumba de aquel Juan Stein, alto, rubio, pero que nunca salió de Chile, y por más que buscó no la halló.

5

También desapareció en los últimos días de 1973 o en los primeros de 1974 Diego Soto, el gran amigo y rival de Juan Stein.

Siempre estaban juntos (aunque nunca vimos a uno en el taller del otro), siempre discutiendo de poesía aunque el cielo de Chile se cayera a pedazos, Stein alto y rubio, Soto bajito y moreno, Stein atlético y fuerte, Soto de huesos delicados, con un cuerpo en donde ya se intuían redondeces y blanduras futuras, Stein en la órbita de la poesía latinoamericana y Diego Soto traduciendo a poetas franceses que en Chile nadie conocía (y que mucho me temo siguen sin conocer). Y eso, como es natural, le daba rabia a mucha gente. ¿Cómo era posible que ese indio pequeñajo y feo tradujera y se carteara con Alain Jouffroy, Denis Roche, Marcelin Pleynet? ¿Quiénes eran, por Dios, Michel Bulteau, Matthieu Messagier, Claude Pelieu, Franck Venaille, Pierre Tilman, Daniel Biga? ¿Qué méritos tenía ese tal Georges Perec cuyos libros publicados en Denoël el huevón pretencioso de Soto paseaba de un lado a otro? El día en que se le dejó de ver deambulando por las calles de Concepción, con sus libros bajo el brazo, siempre correctamente vestido (al contrario que Stein, que vestía como un vagabundo), camino a la Facultad de Medicina o haciendo cola en algún teatro o en algún cine, cuando se evaporó en el aire, en fin, nadie lo echó de menos. A muchos les hubiera alegrado su muerte. No por cuestiones estrictamente políticas (Soto era simpatizante del Partido Socialista, pero sólo eso, simpatizante, ni siquiera un votante fiel, yo diría que un izquierdista pesimista) sino por razones de índole estética, por el placer de ver muerto a quien es más inteligente que tú y más culto que tú y carece de la astucia social de ocultarlo. Escribirlo ahora parece mentira. Pero era así, los enemigos de Soto hubieran sido capaces de perdonarle hasta su mordacidad; lo que no le perdonaron jamás fue su indiferencia. Su indiferencia y su inteligencia.

Pero Soto, igual que Stein (al que por cierto nunca más vio), reapareció exiliado en Europa. Primero estuvo en la RDA, de donde salió a la primera oportunidad tras varios sucesos desagradables. Se cuenta, en el triste folklore del exilio —en donde más de la mitad de las historias están falseadas o son sólo la sombra de la historia real—, que una noche otro chileno le dio una paliza de muerte que terminó con Soto en un hospital de Berlín con traumatismo craneal y dos costillas rotas. Después se instaló en Francia en donde subsistió dando clases de español y de inglés y traduciendo para ediciones no venales a algunos escritores singulares de Latinoamérica, casi todos de principios de siglo, cultores de lo fantástico o de lo pornográfico, entre los que se contaba el olvidado novelista de Valparaíso Pedro Pereda, que era fantástico y pornográfico al mismo tiempo, autor de un relato sobrecogedor en el que a una mujer le van creciendo o más propiamente se le van abriendo sexos y anos por todas las partes de su anatomía, ante el natural espanto de sus familiares (el relato transcurre en los años veinte, pero supongo que al menos la sorpresa hubiera sido igual en los setenta o en los noventa), y que termina recluida en un burdel del norte, un burdel para mineros, encerrada en el burdel y dentro del burdel encerrada en su habitación sin ventanas, hasta que al final se convierte en una gran *entrada-salida* disforme y salvaje y acaba con el viejo macró que regenta el burdel y con las demás putas y con los horrorizados clientes y luego sale al patio y se interna en el desierto (caminando o volando, Pereda no lo aclara) hasta que el aire se la traga.

También intentó traducir a Sophie Podolski, la joven poeta belga suicidada a los veintiún años (no pudo), a Pierre Guyotat, el autor de *Eden, Eden, Eden* y *Prostitution* (tampoco pudo), y *La Disparition*, de Georges Perec, novela policiaca escrita sin la letra *e* y que Soto intentó (y sólo consiguió a medias) trasladar al español aplicándose en lo que Jardiel Poncela había hecho medio siglo antes en un relato en donde la consabida vocal brillaba por su ausencia. Pero una cosa era *escribir* sin la *e* y otra muy distinta *traducir* sin la *e*.

Nunca vi a Soto en el período en que ambos coincidimos en París. Por aquel tiempo yo no estaba de humor para encontrarme con viejos amigos. Además, según había oído, la situación económica de Soto cada vez era mejor, se había casado con una francesa, luego supe que tenían un hijo (para entonces yo estaba en España, si es que importa la puntualización), asistía regularmente a los encuentros de escritores chilenos en Amsterdam, publicaba en revistas de poesía de México, Argentina y Chile, creo que incluso apareció un libro suyo en Buenos Aires o en Madrid, luego supe por una amiga que daba clases de literatura en la universidad, lo que le proporcionaba estabilidad económica y tiempo para dedicar a la lectura y a la investigación, y que ya tenía dos hijos, un niño y una niña. No albergaba ninguna esperanza de volver a Chile. Era, supuse, un hombre feliz, razonablemente feliz. No me costaba nada imaginarlo en un confortable piso de París o tal vez en una casa de alguno de los pueblos de los alrededores, leyendo en el silencio de su estudio insonorizado mientras los niños veían la tele y su mujer cocinaba o planchaba, ¿porque alguien tenía que cocinar, no?, o tal vez, mejor, la que planchaba era una criada, una empleada portuguesa o africana, y Soto así podía leer en su estudio insonorizado o acaso escribir, aunque él nunca fue de los que escribían mucho, sin remordimientos domésticos, y su mujer, en su propio estudio, éste cerca del cuarto de los niños, o sobre una mesita del siglo XIX en un rincón de la sala, corregía exámenes o planeaba las vacaciones del verano o miraba distraídamente la cartelera cinematográfica para decidir la película que verían esa noche.

Según Bibiano (que mantenía un intercambio epistolar con él más o menos fluido), no es que Soto se hubiera aburguesado sino que siempre había sido así. El trato con los libros, decía Bibiano, exige una cierta sedentariedad, un cierto grado de aburguesamiento necesario, y si no mírame a mí, decía Bibiano, que a otra escala —trabajo en la zapatería, cada vez más asquerosa o cada vez más entrañable, no lo sé bien, vivo en la misma pensión– hago (o me dejo hacer) más o menos lo mismo que hace Soto.

En una palabra: Soto era feliz. Creía que había escapado de la maldición (o al menos eso creíamos nosotros, Soto, me parece, nunca creyó en maldiciones).

Fue entonces cuando recibió la invitación para asistir a un coloquio sobre Literatura y Crítica en Hispanoamérica que se realizó en Alicante.

Era invierno. Soto odiaba viajar en avión, sólo había tomado el avión una vez en su vida, durante el viaje que lo llevó a finales de 1973 de Santiago a Berlín. Así que viajó en tren y al cabo de una noche se plantó en Alicante. El coloquio duró dos días, un fin de semana, pero Soto, en vez de regresar el domingo por la noche a París, se quedó una noche más en Alicante. Las razones del retraso se ignoran. El lunes por la mañana compró un billete de tren a Perpignan. El viaje se realizó sin incidentes. Al llegar, en la estación de Perpignan, se informó de los trenes que salían por la noche a París y compró billete para el de la una de la madrugada. El resto de la tarde lo dedicó a pasear por la ciudad, entró en bares, visitó una librería de viejo en donde compró un libro de Guerau de Carrera, un poeta vanguardista franco-catalán muerto durante la Segunda Guerra Mundial, pero los ratos muertos los pasó leyendo una novela policiaca de bolsillo que había adquirido esa misma mañana en Alicante (¿Vázquez Montalbán, Juan Madrid?) y la cual no llegó a terminar, una hoja doblada indicaba que estaba en la página 155, pese a que durante el trayecto Alicante-Perpignan se había entregado a la lectura con la voracidad de un adolescente.

En Perpignan comió en una pizzería. Es raro que no

fuera a un buen restaurante y probara la renombrada cocina del Rosellón, pero lo cierto es que comió en una pizzería. El informe del forense es explícito y no deja resquicio de duda. Soto cenó ensalada verde, un plato abundante de canelones, una enorme (pero *verdaderamente* enorme) ración de helado de chocolate, fresa, vainilla y plátano y dos tazas de café negro. Consumió, asimismo, una botella de vino tinto italiano (un vino tal vez inapropiado para los canelones, pero yo no sé nada de vinos). Durante la cena simultaneó la lectura de la novela policiaca con la lectura de *Le Monde*. Abandonó la pizzería alrededor de las diez de la noche.

Según diversos testimonios, apareció en la estación alrededor de medianoche. Le quedaba una hora de tiempo hasta la partida de su tren. En la barra del bar de la estación se tomó un café. Llevaba el bolso de viaje y en la otra mano el libro de Carrera, la novela policiaca y el ejemplar de *Le Monde*. Según el camarero que le sirvió el café, estaba sobrio.

No estuvo en el bar más de diez minutos. Un empleado lo vio pasear por los andenes, lentamente pero con paso firme y seguro. En modo alguno borracho. Se supone que se perdió por aquellos vericuetos abiertos de los que hablaba Dalí. Se supone que lo que quería era, precisamente, eso. Perderse durante una hora por la magnificencia soberana de la estación de Perpignan. Recorrer el itinerario (¿matemático, astronómico, mítico?) que Dalí soñó que se ocultaba sin ocultarse en los límites de la estación. En realidad, como un turista. Como el turista que Soto siempre fue desde que dejó Concepción. Turista latinoamericano, perplejo y desesperado a partes iguales (Gómez Carrillo es nuestro Virgilio), pero turista al fin y al cabo.

Lo que sucedió a continuación es vago. Soto se pierde por la catedral o por la gran antena que es la estación ferroviaria de Perpignan. La hora y el frío, es invierno, hacen que la estación esté casi vacía pese a la proximidad del tren con destino a París de la una de la mañana. La mayoría de la gente está en el bar o en la sala de espera principal. Soto, no se sabe cómo, tal vez atraído por las voces, llega a una sala apartada. Allí descubre a tres jóvenes neonazis y un bulto en el suelo. Los jóvenes patean el bulto con aplicación. Soto se queda detenido en el umbral hasta que descubre que el bulto se mueve, que de entre los harapos sale una mano, un brazo increíblemente sucio. La vagabunda, pues es una mujer, grita no me peguen más. El grito no lo escucha absolutamente nadie, sólo el escritor chileno. Tal vez a Soto se le llenan los ojos de lágrimas, lágrimas de autocompasión, pues intuye que ha hallado su destino. Entre Tel Quel y el OULIPO la vida ha decidido y ha escogido la página de sucesos. En cualquier caso deja caer en el umbral su bolso de viaje, los libros, y avanza hacia los jóvenes. Antes de trabarse en combate los insulta en español. El español adverso del sur de Chile. Los jóvenes acuchillan a Soto y después huyen.

La noticia apareció en los periódicos de Cataluña, un suelto muy breve, pero yo me enteré por una carta de Bibiano, muy extensa, casi como el informe de un detective, la última que recibí de él.

Al principio me molestó no recibir más cartas de Bibiano pero luego, teniendo en cuenta que yo rara vez le contestaba, me pareció normal y no le guardé rencor.

Años después supe una historia que me hubiera gustado contarle a Bibiano, aunque por entonces ya no sabía a dónde escribirle. Es la historia de Petra y de alguna manera es a Soto lo que la historia del doble de Juan Stein es a nuestro Juan Stein. La historia de Petra la debería contar como un cuento: Érase una vez un niño pobre de Chile... El niño se llamaba Lorenzo, creo, no estoy seguro, y he olvidado su apellido, pero más de uno lo recordará, y le gustaba jugar y subirse a los árboles y a los postes de alta tensión. Un día se subió a uno de estos postes y recibió una descarga tan fuerte que perdió los dos brazos. Se los tuvieron que amputar casi hasta la altura de los hombros. Así que Lorenzo creció en Chile y sin brazos, lo que de por sí hacía su situación bastante desventajosa, pero encima creció en el Chile de Pinochet, lo que convertía cualquier situación desventajosa en desesperada, pero esto no era todo, pues pronto descubrió que era homosexual, lo que convertía la situación desesperada en inconcebible e inenarrable.

Con todos esos condicionantes no fue raro que Lorenzo se hiciera artista. (¿Qué otra cosa podía ser?) Pero es difícil ser artista en el Tercer Mundo si uno es pobre, no tiene brazos y encima es marica. Así que Lorenzo se dedicó por un tiempo a hacer otras cosas. Estudiaba y aprendía. Cantaba en las calles. Y se enamoraba, pues era un romántico impenitente. Sus desilusiones (para no hablar de humillaciones, desprecios, ninguneos) fueron terribles y un día —día marcado con piedra blanca— decidió suicidarse. Una tarde de verano particularmente triste, cuando el sol se ocultaba en el océano Pacífico, Lorenzo saltó al mar desde una roca usada exclusivamente por suicidas (y que no falta en cada trozo de litoral chileno que se precie). Se hundió como una piedra, con los ojos abiertos y vio el agua cada vez más negra y las burbujas que salían de sus labios y luego, con un movimiento de piernas involuntario, salió a flote. Las olas no le dejaron ver la playa, sólo las rocas y a lo lejos los mástiles de unas embarcaciones de recreo o de pesca. Después volvió a hundirse. Tampoco en esta ocasión cerró los ojos: movió la cabeza con calma (calma de anestesiado) y buscó con la mirada algo, lo que fuera, pero que fuera hermoso, para retenerlo en el instante final. Pero la negrura velaba cualquier objeto que bajara con él hacia las profundidades y nada vio. Su vida entonces, tal cual enseña la leyenda, desfiló por delante de sus ojos como una película. Algunos trozos eran en blanco y negro y otros a colores. El amor de su pobre madre, el orgullo de su pobre madre, las fatigas de su pobre madre abrazándolo por la noche cuando todo en las poblaciones pobres de Chile parece pender de un hilo (en blanco y negro), los temblores, las noches en que se orinaba en la cama, los hospitales, las miradas, el zoológico de las miradas (a colores), los amigos que comparten lo poco que tienen, la música que nos consuela, la marihuana, la belleza revelada en sitios inverosímiles (en blanco y negro), el amor perfecto y breve como un soneto de Góngora, la certeza fatal (pero rabiosa dentro de la fatalidad) de que sólo se vive una vez. Con repentino valor decidió que no iba a morir. Dice que dijo ahora o nunca y volvió a la superficie. El ascenso le pareció interminable; mantenerse a flote, casi insoportable, pero lo consiguió. Esa tarde aprendió a nadar sin brazos, como una anguila o como una serpiente. Matarse, dijo, en esta coyuntura sociopolítica, es absurdo y redundante. Mejor convertirse en poeta secreto.

A partir de entonces comenzó a pintar (con la boca y con los pies), comenzó a bailar, comenzó a escribir poemas y cartas de amor, comenzó a tocar instrumentos y a componer canciones (una foto nos lo muestra tocando el piano con los dedos de los pies; el artista mira a la cámara y sonríe), comenzó a ahorrar dinero para marcharse de Chile.

Le costó pero al final se pudo ir. La vida en Europa, por supuesto, no fue mucho más fácil. Durante un tiempo, años tal vez (aunque Lorenzo, más joven que yo y Bibiano y muchísimo más joven que Soto y Stein, salió de Chile cuando el alud del exilio había remitido), se ganó la vida como músico y bailarín callejero en ciudades de Holanda (que adoraba) y de Alemania y de Italia. Vivía en pensiones, en los sectores de la ciudad donde viven los emigrantes magrebíes o turcos o africanos, algunas temporadas felices en casas de amantes a los que terminaba abandonando o viceversa, y después de cada jornada de trabajo callejero, después de las copas en bares gay o de las sesiones ininterrumpidas en las cinematecas, Lorenzo (o Lorenza, como también le gustaba ser llamado) se encerraba en su cuarto y se dedicaba a pintar o a escribir. Durante muchos períodos de su vida vivió solo. Algunos se referían a él como *la acróbata ermitaña*. Los amigos le preguntaban cómo se limpiaba el culo después de hacer caca, cómo pagaba en la tienda de fruta, cómo guardaba el dinero, cómo cocinaba. Cómo, por Dios, podía vivir solo. Lorenzo contestaba a todas las preguntas y la respuesta, casi siempre, era el ingenio. Con ingenio uno o una se las apañaba para hacer de todo. Si Blaise Cendrars, por poner un ejemplo, con un solo brazo le podía ganar boxeando al más pintado, cómo no iba a ser él capaz de limpiarse –y muy bien– su culo después de cagar.

En Alemania, tierra curiosa pero que a menudo producía escalofríos, se compró unas prótesis. Parecían brazos de verdad y le gustaron más que nada por la sensación de ciencia-ficción, de robótica, de sentirse ciborg que tenía cuando caminaba con las prótesis puestas. Visto desde lejos, por ejemplo avanzando al encuentro de un amigo en un horizonte violeta, parecía que tenía brazos de verdad. Pero se los quitaba cuando trabajaba en la calle y a sus amantes, aquellos que no sabían que se trataba de prótesis, lo primero que les decía era que carecía de brazos. A algunos, incluso, les gustaba más así, sin brazos.

Poco antes de la magna Olimpiada de Barcelona, un actor o una actriz catalana o un grupo de actores catalanes de viaje por Alemania lo vieron actuar en la calle, tal vez en un teatro pequeño, y se lo contaron al encargado de buscar a alguien que encarnara a Petra, el personaje de Mariscal y mascota o tal vez más acertadamente emblema de las pruebas paraolímpicas que se hicieron inmediatamente después. Dicen que cuando Mariscal lo vio embutido en el traje de Petra, haciendo virguerías con las piernas como un bailarín esquizofrénico del Bolshoi, dijo: es la Petra de mis sueños. (Dicen que Mariscal es así de escueto.) Después, cuando hablaron, un Mariscal fascinado le ofreció a Lorenzo su estudio para que se viniera a Barcelona a pintar, a escribir, a lo que fuera. (Dicen que es así de generoso.) En realidad, Lorenzo o Lorenza no necesitaba el estudio de Mariscal para ser más feliz de lo que fue durante la celebración de los Juegos Paraolímpicos. Desde el primer día se convirtió en el favorito de la prensa, las entrevistas le llovían, parecía que Petra estaba eclipsando al mismísimo Coby. Por aquel entonces yo estaba internado en el Hospital Valle Hebrón de Barcelona con el hígado hecho polvo y me enteraba de sus triunfos, de sus chistes, de sus anécdotas, leyendo dos o tres periódicos diariamente. A veces, leyendo sus entrevistas, me daban ataques de risa. Otras veces me ponía a llorar. También lo vi en la televisión. Hacía muy bien su papel.

Tres años después supe que había muerto de sida. La persona que me lo dijo no sabía si en Alemania o en Sudamérica (no sabía que era chileno).

A veces, cuando pienso en Stein y en Soto no puedo evitar pensar también en Lorenzo.

A veces creo que Lorenzo fue mejor poeta que Stein y Soto. Pero usualmente cuando pienso en ellos los veo juntos.

Aunque lo único que los une fue la circunstancia de nacer en Chile. Y un libro que tal vez leyó Stein, que seguro leyó Soto (habla de él en un largo artículo sobre el exilio y la errancia publicado en México) y que también leyó, entusiasta como casi siempre que leía algo (¿cómo daba vuelta las hojas?: ¡con la lengua, como deberíamos hacerlo todos!), Lorenzo. El libro se titula *Ma gestalt-thérapie* y su autor es el doctor Frederick Perls, psiquiatra, fugitivo de la Alemania nazi y vagabundo por tres continentes. En España, que yo sepa, no se ha traducido.

6

Pero volvamos al origen, volvamos a Carlos Wieder y al año de gracia de 1974.

Por entonces Wieder estaba en la cresta de la ola. Después de sus triunfos en la Antártida y en los cielos de tantas ciudades chilenas lo llamaron para que hiciera algo sonado en la capital, algo espectacular que demostrara al mundo que el nuevo régimen y el arte de vanguardia no estaban, ni mucho menos, reñidos.

Wieder acudió encantado. En Santiago se alojó en Providencia, en el departamento de un compañero de promoción, y mientras por el día iba a entrenarse al aeródromo Capitán Lindstrom y hacía vida social en clubs militares o visitaba las casas de los padres de sus amigos en donde conocía (o le hacían conocer, en esto siempre había algo forzado) a las hermanas, primas y amigas que quedaban maravilladas por su porte y por lo educado y aparentemente tímido que era, pero también por su frialdad, por la distancia que se adivinaba en sus ojos o como dijo la Pía Valle: como si detrás de sus ojos tuviera otro par de ojos, por la noche, liberado por fin, se dedicó a preparar por su cuenta, en el departamento, en las paredes del cuarto de huéspedes, una exposición de fotografías cuya inauguración hizo coincidir con su exhibición de poesía aérea.

El dueño del departamento declararía años más tarde que hasta el último momento no vio las fotografías que Wieder pensaba exponer. Su primera reacción ante el proyecto de Wieder fue, naturalmente, ofrecerle el living, la casa entera para que desplegara las fotos, pero Wieder rechazó la propuesta. Arguyó que las fotos necesitaban un marco limitado y preciso como la habitación del autor. Dijo que después de la escritura en el cielo era adecuado —y además encantadoramente paradójico— que el epílogo de la poesía aérea se circunscribiera al cubil del poeta. Sobre la naturaleza de las fotos, el dueño del departamento dijo que Wieder pretendía que fueran una sorpresa y que sólo le adelantó que se trataba de poesía visual, experimental, quintaesenciada, arte puro, algo que iba a divertirlos a todos. Le hizo prometer, además, que ni él ni nadie entraría a su habitación hasta la noche de la inauguración. El dueño del departamento le dijo que si quería podía buscar en algún closet la llave de aquel cuarto para que estuviera más seguro. Wieder dijo que no era necesario, que con la palabra de oficial le bastaba. El dueño del departamento, solemnemente, le dio su palabra de honor.

Las invitaciones para la fiesta en Providencia, por supuesto, fueron restringidas, selectivas: algunos pilotos, algunos militares jóvenes (el más viejo no llegaba a comandante) y cultos o al menos con fundadas sospechas de serlo, un trío de periodistas, dos artistas plásticos, un viejo poeta de derechas que había sido vanguardista y que tras el Golpe de Estado parecía haber recuperado los ímpetus de su juventud, alguna dama joven y distinguida (que se sepa a la exposición sólo acudió *una* mujer, Tatiana von Beck Iraola) y el padre de Carlos Wieder, que vivía en Viña del Mar y cuya salud era delicada.

Todo empezó mal. El día de la exhibición aérea amaneció con grandes cúmulos de nubes negras y gordas que bajaban por el valle hacia el sur. Algunos jefes le desaconsejaron volar. Wieder desoyó los malos presagios y dicen que discutió con alguien en un rincón oscuro de un hangar. Después su avión se elevó y los espectadores vieron, con más esperanza que admiración, algunas piruetas preliminares. Realizó un vuelo rasante, un looping, un rizo invertido. Pero nada de humo. Los del Ejército y sus mujeres estaban felices aunque algunos altos mandos de la Fuerza Aérea se preguntaron qué estaba ocurriendo de verdad. Entonces el avión tomó altura y desapareció en la barriga de una inmensa nube gris que se desplazaba lentamente sobre la ciudad como si guiara a las nubes negras de la tormenta.

Wieder viajó por el interior de la nube como Jonás por el interior de la ballena. Durante algún rato los espectadores de la exhibición aérea esperaron su reaparición tonante. Unos pocos se sintieron incómodos, como si el piloto los hubiera plantado a propósito, allí, sentados en las tribunas improvisadas del Capitán Lindstrom, escrutando un cielo que sólo iba a depararles lluvia y no poesía. Otros, la mayoría, aprovecharon el interludio para levantarse de sus asientos, desentumecer los viejos huesos, estirar las piernas, saludar, participar en corrillos que se formaban y deshacían con rapidez, dejando siempre a alguno con la palabra en la boca, en donde se discutían rumores recientes, nuevos cargos y nombramientos, y los problemas más acuciantes con que se enfrentaba el país. Los más jóvenes, los más entusiastas, se dedicaron a comentar los últimos malones y los últimos noviazgos. Incluso los incondicionales de Wieder, en vez de aguardar en silencio la reaparición del avión o interpretar de cien formas diferentes aquel ominoso cielo vacío, se enzarzaron en comentarios prácticos sobre la vida cotidiana que sólo muy tangencialmente atañían a la poesía chilena, al arte chileno.

Wieder salió lejos del aeródromo, en un barrio periférico de Santiago. Allí escribió el primer verso: *La muerte es amistad.* Después planeó sobre unos almacenes ferroviarios y sobre lo que parecían fábricas abandonadas aunque entre las calles pudo distinguir gente arrastrando cartones, niños trepados en las bardas, perros. A la izquierda, a las 9, reconoció dos inmensas poblaciones callampas separadas por la vía del tren. Escribió el segundo verso: *La muerte es Chile.* Luego giró a las 3 y enfiló hacia el centro. Pronto aparecieron las avenidas, el entramado de espadas o serpientes de colores apagados, el río real, el zoológico, los edificios que eran el orgullo de pobre de los santiaguinos. La visión aérea de una ciudad, lo dejó anotado en alguna parte el propio Wieder, es como una foto rota cuyos fragmentos, contrariamente a lo que se cree, tienden a separarse: máscara inconexa, máscara móvil. Sobre la Moneda, escribió el tercer verso: *La muerte es responsabilidad.* Algunos peatones lo vieron, un escarabajo oscuro recortado sobre un cielo oscuro y amenazante. Muy pocos descifraron sus palabras: el viento las deshacía en apenas unos segundos. En algún momento alguien intentó comunicarse por radio con él. Wieder no contestó la llamada. En el horizonte, a las 11, vio las siluetas de dos helicópteros que iban a su encuentro. Voló en círculos hasta que se acercaron y luego los perdió en un segundo. En el camino de vuelta al aeródromo escribió el cuarto y quinto verso: *La muerte es amor* y *La muerte es crecimiento*. Cuando avistó el aeródromo escribió: *La muerte es comunión*, pero ninguno de los generales y mujeres de generales e hijos de generales y altos mandos y autoridades militares, civiles, eclesiásticas y culturales pudo leer sus palabras. En el cielo se gestaba una tormenta eléctrica. Desde la torre de control un coronel le pidió que se diera prisa y aterrizara. Wieder dijo entendido y volvió a tomar altura. Por un momento los que estaban abajo creyeron que otra vez se iba a meter en el interior de una nube. Un capitán, que no estaba en el palco de honor, comentó que en Chile todos los actos poéticos terminaban en desastres. La mayoría, dijo, son sólo desastres individuales o familiares pero algunos acaban como desastres nacionales. Entonces, en el otro extremo de Santiago pero perfectamente visible desde las tribunas instaladas en el Capitán Lindstrom, cayó el primer rayo y Carlos Wieder escribió: *La muerte es limpieza*, pero lo escribió tan mal, las condiciones meteorológicas eran tan desfavorables que muy pocos de los espectadores que ya comenzaban a levantarse de sus asientos y abrir los primeros paraguas comprendieron lo escrito. Sobre el cielo quedaban jirones negros, escritura cuneiforme, jeroglíficos, garabatos de niño. Aunque algunos sí que lo entendieron y pensaron que Carlos Wieder se había vuelto loco. Comenzó a llover y la desbandada fue general. En uno de los hangares se había improvisado un cóctel y a aquella hora y con aquel chaparrón todo el mundo tenía hambre y sed. Los canapés se acabaron en menos de quince minutos. Los mozos, reclutas de Intendencia, iban y venían con una velocidad pasmosa y una diligencia que despertó la envidia en algunas señoras. Algunos oficiales comentaron lo raro que resultaba aquel piloto poeta, pero la mayoría de los invitados hablaban y se preocupaban por temas de relieve nacional (e incluso internacional).

Carlos Wieder, mientras tanto, seguía en el cielo luchando contra los elementos. Sólo un puñado de amigos y dos periodistas que en sus ratos libres escribían poemas surrealistas (o superrealistas, como solían decir utilizando un españolismo más bien gilipollas) siguieron desde la pista espejeante de lluvia, en una estampa que parecía sacada de una película de la Segunda Guerra Mundial, las evoluciones del avioncito debajo de la tormenta. Por lo que respecta a Wieder, acaso no se diera cuenta de que su público se había tornado tan exiguo.

Escribió, o pensó que escribía: *La muerte es mi corazón*. Y después: *Toma mi corazón*. Y después su nombre: *Carlos Wieder*, sin temerle a la lluvia ni a los relámpagos. Sin temerle, sobre todo, a la incoherencia.

Y después ya no tenía humo para escribir (desde hacía un rato el humo que escapaba del fuselaje daba la impresión, más que de escritura, de incendio, un incendio que se fundía con la lluvia) pero escribió: *La muerte es resurrección* y los fieles que permanecían abajo no entendieron nada pero entendieron que Wieder estaba escribiendo *algo*, comprendieron o creyeron comprender la voluntad del piloto y supieron que aunque no entendieran nada estaban asistiendo a un acto único, a un evento importante para el arte del futuro.

Después Carlos Wieder aterrizó sin ningún problema (quienes lo vieron dicen que sudaba como si acabara de salir de una sauna), se llevó una reprimenda del oficial de la torre de control y de algunos altos mandos que aún deambulaban por entre los restos del cóctel y tras beber, de pie, una cerveza (no habló con nadie, contestó las preguntas que se le hicieron con monosílabos), se marchó al departamento de Providencia a preparar el segundo acto de su gala santiaguina.

Todo lo anterior tal vez ocurrió así. Tal vez no. Puede que los generales de la Fuerza Aérea Chilena no llevaran a sus mujeres. Puede que en el aeródromo Capitán Lindstrom jamás se hubiera escenificado un recital de poesía aérea. Tal vez Wieder escribió su poema en el cielo de Santiago sin pedir permiso a nadie, sin avisar a nadie, aunque esto es más improbable. Tal vez aquel día ni siquiera llovió sobre Santiago, aunque hay testigos (ociosos que miraban hacia arriba sentados en el banco de un parque, solitarios asomados a una ventana) que aún recuerdan las palabras en el cielo y posteriormente la lluvia purificadora. Pero tal vez todo ocurrió de otra manera. Las alucinaciones, en 1974, no eran infrecuentes.   .

La exposición fotográfica en el departamento, sin embargo, ocurrió tal y como a continuación se explica.

Los primeros invitados llegaron a las nueve de la noche. La mayoría eran amigos desde la adolescencia y hacía tiempo que no se reunían. A las once había unas veinte personas, todas razonablemente ebrias. Todavía nadie había entrado al cuarto de huéspedes en˙donde

92

dormía Wieder y en cuyas paredes pensaba exponer las fotos al criterio de sus amigos. El teniente Julio César Muñoz Cano, que años después publicaría el libro *Con la soga al cuello*, especie de narración autobiográfica y autofustigadora sobre su actuación en los primeros años de gobierno golpista, escribe que Carlos Wieder se comportaba de manera normal (o tal vez *anormal*: estaba mucho más tranquilo que de costumbre, incluso humilde, con el rostro como permanentemente acabado de lavar), atendía a los invitados como si la casa fuera suya (la camaradería era total, demasiado buena, demasiado ideal, escribe Muñoz Cano), saludaba con cariño a los compañeros de promoción a quienes no veía desde hacía mucho, condescendía a comentar los incidentes de aquella mañana en el aeródromo sin darles y sin darse mayor importancia, soportaba de buen grado las bromas usuales (a veces pesadas, a veces francamente de mal gusto) en este tipo de reuniones. De vez en cuando desaparecía, se encerraba en el cuarto (y esta vez sí que el cuarto estaba cerrado con llave), pero sus ausencias nunca duraban mucho.

Por fin, a las doce de la noche en punto, pidió silencio subido a una silla en medio del living y dijo (palabras textuales, según Muñoz Cano) que ya era hora de emparse un poco con el nuevo arte. Otra vez era el Wieder de siempre, dominante, seguro, con los ojos como separados del cuerpo, como si miraran desde otro planeta. Después se abrió paso hasta la puerta de su cuarto y fue dejando pasar a sus invitados uno por uno. Uno por uno, señores, el arte de Chile no admite aglomeraciones. Cuando dijo esto (según Muñoz Cano), Wieder empleó un tono jocoso y miró a su padre, a quien hizo un guiño con el ojo izquierdo y después con el ojo derecho. Como si de nuevo con doce años de edad le hiciera una señal secreta. El padre mostraba un rostro apacible y sonrió a su hijo.

La primera en entrar fue Tatiana von Beck Iraola, como era lógico dada su condición de mujer y su carácter impulsivo y caprichoso. La Tatiana, escribe Muñoz Cano, era nieta, hija y hermana de militares y a su manera un tanto alocada una mujer independiente, que siempre hacía lo que quería, salía con quien se le antojaba y tenía opiniones estrambóticas, muchas veces contradictorias, pero a menudo originales. Años después se casó con un pediatra, se fueron a vivir a La Serena y tuvo seis hijos. La Tatiana de aquella noche, recuerda Muñoz Cano con melancolía ligeramente teñida de horror, era una muchacha hermosa y confiada y entró en el cuarto con la esperanza de encontrar retratos heroicos o aburridas fotografías de los cielos de Chile.

La habitación estaba iluminada de la forma usual. Ni una lámpara de más, ni un foco extra que realzara la visión de las fotos. La habitación no debía semejar una galería de arte sino precisamente una habitación, una pieza prestada, el habitáculo de paso de un joven. Por supuesto, no hubo luces de colores como alguien dijo, ni música de tambores saliendo de un radiocasete oculto bajo la cama. El ambiente debía ser casual, normal, sin estridencias.

Afuera, la fiesta proseguía. Los jóvenes bebían como jóvenes y como triunfadores y además aguantaban la bebida como chilenos. Las risas eran contagiosas, recuerda Muñoz Cano, ajenas a cualquier amenaza, a cualquier sombra. En alguna parte un trío se puso a cantar abrazados, acompañados por la guitarra de uno de ellos. Apoyados en las paredes, en grupos de dos o de tres, algunos hablaban sobre el futuro o sobre el amor. Todos estaban contentos de estar allí, en la fiesta del piloto poeta; estaban contentos de ser lo que eran y de ser, además, amigos de Carlos Wieder, aunque no lo entendieran del todo, aunque notaran la diferencia que existía entre ellos y él. En el pasillo la cola se deshacía a cada instante; a unos se les acababa el alcohol e iban a por más, otros se trababan en reafirmaciones de amistad y de lealtad eternas que los llevaban, como una ola protectora, otra vez al living, de donde volvían, mareados, con los pómulos colorados, a recuperar su lugar en la cola. El humo, sobre todo en el pasillo, era considerable. Wieder permanecía de pie en el quicio de la puerta. Dos tenientes discutían y se empujaban (pero suavemente) en el baño al fondo del pasillo. El padre de Wieder era de los pocos que estaban serios y firmes en la cola. Muñoz Cano se movía, según confesión propia, arriba y abajo, nervioso y lleno de oscuros presagios. Los dos reporteros surrealistas (o superrealistas) dialogaban con el dueño de la casa. En alguna de sus idas y venidas Muñoz Cano consiguió oír algunas palabras: hablaban de viajes, el Mediterráneo, Miami, playas cálidas, botes de pescadores, mujeres exuberantes.

No había pasado un minuto cuando Tatiana von Beck volvió a salir. Estaba pálida y desencajada. Todos la vieron. Ella miró a Wieder —parecía como si le fuera a decir algo pero no encontrara las palabras— y luego trató de llegar al baño. No pudo. Vomitó en el pasillo y después, trastabillándose, se fue del departamento ayudada por un oficial que galantemente se ofreció a acompañarla hasta su casa pese a las protestas de la Von Beck que prefería irse sola.

El segundo en entrar fue un capitán que había sido profesor de Wieder en la Academia. No volvió a salir. Wieder, junto a la puerta cerrada (el capitán, al entrar, la dejó entreabierta pero él la volvió a cerrar), sonreía cada vez más satisfecho. En el living algunos se preguntaron qué mosca le había picado a la Tatiana. Está borracha, pues, dijo una voz que Muñoz Cano no reconoció. Alguien puso un disco de Pink Floyd. Alguien comentó que entre hombres no se podía bailar, esto parece un encuentro de colisas, dijo una voz. Le contestaron que la música de Pink Floyd era para escuchar, no para bailar. Los reporteros surrealistas cuchicheaban entre sí. Un teniente propuso salir inmediatamente de putas. Muñoz Cano escribe que en aquel momento tuvo la sensación de que estaban a la intemperie, bajo la noche oscura y a pleno campo, al menos las voces sonaban así. En el pasillo la atmósfera generada era peor. Casi nadie hablaba, como en la antesala de un dentista. ¿Pero dónde se ha visto la antesala de un dentista donde los *dientes-podridos* (sic) esperan de pie?, se pregunta Muñoz Cano.

El padre de Wieder rompió el encanto. Se abrió paso educadamente, llamando a los oficiales que estaban antes que él en la cola por sus nombres de pila, y entró en el cuarto. Lo siguió el dueño del departamento. Casi de inmediato éste volvió a salir y se encaró con Wieder; por un momento pareció que iba a golpearlo, lo tenía cogido de las solapas, y luego le dio la espalda y marchó al living en busca de un trago. A partir de ese instante todos, incluido Muñoz Cano, quisieron entrar al dormitorio.

96

Allí, sentado sobre la cama, encontraron al capitán. Fumaba y leía unas notas escritas a máquina que previamente había arrancado de una pared. Parecía tranquilo aunque la ceniza del cigarrillo se desparramaba sobre una de sus piernas. El padre de Wieder contemplaba algunas de las cientos de fotos que decoraban las paredes y parte del techo de la habitación. Un cadete, cuya presencia allí nadie acierta a explicarse, tal vez el hermano menor de uno de los oficiales, se puso a llorar y a maldecir y lo tuvieron que sacar a rastras. Los reporteros surrealistas hacían gestos de desagrado pero mantuvieron el tipo. Según Muñoz Cano, en algunas de las fotos reconoció a las hermanas Garmendia y a otros desaparecidos. La mayoría eran mujeres. El escenario de las fotos casi no variaba de una a otra por lo que deduce es el mismo lugar. Las mujeres parecen maniquíes, en algunos casos maniquíes desmembrados, destrozados, aunque Muñoz Cano no descarta que en un treinta por ciento de los casos estuvieran vivas en el momento de hacerles la instantánea. Las fotos, en general (según Muñoz Cano), son de mala calidad aunque la impresión que provocan en quienes las contemplan es vivísima. El orden en que están expuestas no es casual: siguen una línea, una argumentación, una historia (cronológica, espiritual...), un plan. Las que están pegadas en el cielorraso son semejantes (según Muñoz Cano) al infierno, pero un infierno vacío. Las que están pegadas (con chinchetas) en las cuatro esquinas semejan una epifanía. Una epifanía de la locura. En otros grupos de fotos predomina un tono elegiaco (¿pero cómo puede haber *nostalgia* y *melancolía* en esas fotos?, se pregunta Muñoz Cano). Los símbolos son escasos pero elocuentes. La foto de la portada de un libro de François-Xavier de Maistre (el hermano menor de Joseph de Maistre): *Las veladas de San Petersburgo*. La foto de la foto de una joven rubia que parece desvanecerse en el aire. La foto de un dedo cortado, tirado en el suelo gris, poroso, de cemento.

Tras el estruendo inicial de pronto todos se callaron. Parecía como si una corriente de alto voltaje hubiera atravesado la casa dejándonos demudados, dice Muñoz Cano en uno de los pocos momentos de lucidez de su libro. Nos mirábamos y nos reconocíamos, pero en realidad era como si no nos reconociéramos, parecíamos diferentes, parecíamos iguales, odiábamos nuestros rostros, nuestros gestos eran los propios de los sonámbulos o de los idiotas. Mientras algunos se iban sin despedirse una extraña sensación de fraternidad quedó flotando en el piso entre los que optaron por quedarse. Como nota curiosa Muñoz Cano añade que en aquel momento particularmente delicado el teléfono comenzó a sonar. Ante la pasividad del dueño de la casa fue él quien contestó la llamada. Una voz de viejo preguntó por un tal Lucho Álvarez. ¿Aló?, ¿aló?, ¿está Lucho Álvarez, por favor? Muñoz Cano, sin contestar, le pasó el fono al dueño de la casa. ¿Alguien conoce a un Lucho Álvarez?, preguntó éste tras un intervalo excesivamente largo. El viejo, dedujo Muñoz Cano, probablemente hablaba de otras cosas, hacía otras preguntas acaso relacionadas con Lucho Álvarez. Nadie lo conocía. Algunos se rieron; fueron risas nerviosas que sonaron irrazonablemente altas. Aquí no vive esa persona, dijo el dueño de la casa después de escuchar otro rato en silencio y colgó.

En el cuarto de las fotos ya no había nadie, excepto

Wieder y el capitán, y en el departamento, según Muñoz Cano, no quedaban más de ocho personas, entre ellas el padre de Wieder que no parecía particularmente afectado (su actitud era la de estar participando —acaso involuntariamente— en una fiesta de cadetes que por una razón que se le escapaba o que no le incumbía se había malogrado). El dueño de la casa, al que conocía desde que era un adolescente, procuraba no mirarlo. Los demás supervivientes de la fiesta hablaban o cuchicheaban entre sí pero callaban cuando se acercaba. Silencio incómodo que el padre de Wieder intentó soslayar ofreciendo tragos, bebidas calientes y sandwiches que preparaba en la cocina, solo y sereno. No se preocupe, don José, dijo uno de los oficiales mirando el suelo. No estoy preocupado, Javierito, dijo el padre de Wieder. Esto en la carrera de Carlos, dijo otro, no es más que un bache sin importancia. El padre de Wieder lo miró como si no comprendiera de qué hablaba. Era benévolo con nosotros, recuerda Muñoz Cano, estaba en el borde del abismo y no lo sabía o no le importaba o lo disimulaba con una rara perfección.

Después Wieder dejó el cuarto y estuvo hablando con su padre en la cocina, sin que nadie los escuchara. Pero no más de cinco minutos. Cuando salieron ambos llevaban vasos de alcohol en las manos. El capitán también salió a tomarse un trago y después volvió a encerrarse en la habitación de las fotos con la advertencia de que nadie más entrara. Uno de los tenientes, por indicación del capitán, confeccionó una lista con los nombres de todos los que habían asistido a la fiesta. Alguien recordó un juramento, otro se puso a hablar de discreción y del honor de los caballeros. El honor de la caballería, dijo uno que hasta ese momento parecía dormido. Y hubo quien se sintió ofendido y protestó que no era de los soldados de quienes se debía dudar sino de los civiles, aludiendo al par de reporteros surrealistas. Estos señores, contestó el capitán, saben lo que les conviene. Los surrealistas se apresuraron a darle la razón y a afirmar que allí, en el fondo, no había ocurrido nada, entre gente de mundo, ya se sabe. Después alguien preparó café y mucho más tarde, pero cuando aún faltaba bastante para que amaneciera, aparecieron tres militares y un civil que se identificaron como personal de Inteligencia. Los que estaban en el departamento de Providencia les franquearon la entrada pensando que iban a detener a Wieder. Al principio la llegada de los de Inteligencia fue recibida con respeto y un cierto temor (sobre todo por parte del par de reporteros), pero al paso de los minutos sin que sucediera nada y ante el mutismo de aquéllos, entregados en cuerpo y alma a su trabajo, los supervivientes de la fiesta dejaron de prestarles atención, como si se tratara de empleados que llegaban a 'horas intempestivas a hacer la limpieza. Durante un tiempo que a todos se les hizo excesivamente largo los de Inteligencia y el capitán estuvieron encerrados con Wieder en la habitación (uno de los amigos de Wieder quiso entrar para «prestarle apoyo moral», pero el que iba de paisano le dijo que no hiciera el imbécil y los dejara trabajar en paz); después, a través de la puerta cerrada, escucharon imprecaciones, la palabra insensato repetida varias veces y después ya sólo el silencio. Más tarde los de Inteligencia se marcharon tan silenciosos como habían llegado, con tres cajas de zapatos, que les facilitó el dueño del departamento, cargadas con las fotos de la exposición.

Bueno, señores, dijo el capitán antes de seguirlos, lo mejor es que duerman un poco y olviden todo lo de esta noche. Un par de tenientes se cuadraron, pero los demás estaban demasiado cansados como para seguir ordenanzas o rituales de ningún tipo y no le dieron ni las buenas noches (o los buenos días, pues ya amanecía). En el momento justo en que el capitán se marchaba dando un portazo, detalle humorístico que ninguno apreció, Wieder salió de la habitación y atravesó la sala sin mirar a nadie hasta llegar a la ventana. Descorrió las cortinas (afuera aún estaba oscuro, pero al fondo, en dirección a la cordillera, ya se veía una débil claridad) y encendió un cigarrillo. Carlos, qué ha pasado, dijo el padre de Wieder. Éste no le contestó. Por un momento pareció que nadie iba a hablar (que todos se pondrían a dormir de inmediato, sin poder desviar la mirada de la figura de Wieder). El living, recuerda Muñoz Cano, parecía la sala de espera de un hospital. ¿Estás arrestado?, preguntó finalmente el dueño del departamento. Supongo que sí, dijo Wieder, de espaldas a todos, mirando las luces de Santiago, las escasas luces de Santiago. Su padre se le acercó con una lentitud exasperante, como si no se atreviera a hacer lo que iba a hacer, y finalmente lo abrazó. Un abrazo breve al que Wieder no correspondió. La gente es exagerada, dijo uno de los reporteros surrealistas. Pico, dijo el dueño del departamento. ¿Y ahora qué hacemos?, dijo un teniente. Dormir la mona, dijo el dueño del departamento.

Muñoz Cano nunca más vio a Wieder. Su última imagen de él, sin embargo, es indeleble: un living grande y desordenado, botellas, platos, ceniceros llenos, un grupo de gente pálida y cansada, y Carlos Wieder junto a la ventana, en perfecto estado, sosteniendo una copa de whisky en una mano que ciertamente no temblaba y mirando el paisaje nocturno.

7

A partir de esa noche las noticias sobre Carlos Wieder son confusas, contradictorias, su figura aparece y desaparece en la antología móvil de la literatura chilena envuelto en brumas, se especula con su expulsión de la Fuerza Aérea en un juicio nocturno y secreto al que él asistiría con su uniforme de gala aunque sus incondicionales preferían imaginárselo con un capote negro de cosaco, con monóculo y fumando en una larga boquilla de colmillo de elefante. Las mentes más disparatadas de su generación lo ven vagando por Santiago, Valparaíso y Concepción ejerciendo oficios disímiles y participando en empresas artísticas extrañas. Cambia de nombre. Se le vincula con más de una revista literaria de existencia efímera en donde publica proposiciones de *happenings* que nunca llevará a cabo o que, aún peor, llevará a cabo en secreto. En una revista de teatro aparece una pequeña pieza en un acto firmada por un tal Octavio Pacheco del que nadie sabe nada. La pieza es singular en grado extremo: transcurre en un mundo de hermanos siameses en donde el sadismo y el masoquismo son juegos de niños. Sólo la muerte está penalizada en este mundo y sobre ella —sobre el no-ser, sobre la nada, sobre la vida después de la vida— discurren los hermanos a lo largo de la obra. Cada uno se dedica a martirizar a su siamés durante un tiempo (o un ciclo, como advierte el autor), pasado el cual el martirizado se convierte en martirizador y viceversa. Pero para que esto suceda «hay que tocar fondo». La pieza no ahorra al lector, como es fácil suponer, ninguna variante de la crueldad. Su acción transcurre en la casa de los siameses y en el aparcamiento de un supermercado en donde se cruzan con otros siameses que exhiben una gama variopinta de cicatrices y costurones. La pieza no finaliza, como era de esperar, con la muerte de uno de los siameses sino con un nuevo ciclo de dolor. Su tesis acaso peque de simple: sólo el dolor ata a la vida, sólo el dolor es capaz de *revelarla*. En una revista universitaria aparece un poema titulado «La boca cero»; el poema, en apariencia un remedo criollo de Klebnikhov, va acompañado con tres dibujos del autor que ilustran el «momento boca-cero» (es decir el acto de dibujar con la boca abierta al máximo posible un cero o una *o*). La firma, una vez más, es de Octavio Pacheco, pero Bibiano O'Ryan descubre accidentalmente un apartado de autor en los Archivos de la Biblioteca Nacional y allí, juntos, están las poesías aéreas de Wieder, la obra de teatro de Pacheco y textos firmados con tres o cuatro nombres más aparecidos en revistas de escasa circulación, algunas marginales y hechas con muy pocos medios y otras de lujo, con un papel excelente, profusión de fotos (en una se reproduce casi toda la poesía aérea de Wieder, con una cronología de cada acción) y diseño aceptable. La procedencia de las revistas es diversa: Argentina, Uruguay, Brasil, México, Colombia, Chile. Los nombres, más que voluntades, señalan estrategias: *Hibernia, Germania, Tormenta, El Cuarto Reich Argentino, Cruz de Hierro, ¡Basta de Hipérboles!* (fanzine bonaerense), *Diptongos y Sinalefas, Odín, Des Sängers Fluch* (con un ochenta por ciento de colaboraciones en lengua alemana y en donde aparece, número 4, segundo trimestre de 1975, una entrevista «político-artística» con un tal K. W., *autor chileno de ciencia ficción*, en donde éste avanza parte del argumento de su próxima, y primera, novela), *Ataques Selectivos, La Cofradía, Poesía Pastoril & Poesía Urbana* (colombiana y la única con algo de interés: salvaje, destructiva, poesía de jóvenes motoristas de clase media que juegan con los símbolos de las SS, con la droga, con el crimen y con la métrica y la escenografía de cierta poesía *beat*), *Playas de Marte, El Ejército Blanco, Don Perico*... La sorpresa de Bibiano es enorme: entre las revistas encuentra por lo menos siete chilenas aparecidas entre 1973 y 1980 cuya existencia, él que se creía al tanto de todo lo que ocurría en el escenario literario chileno, desconocía. En una de éstas, *Girasoles de Carne*, número 1, abril de 1979, Wieder, bajo el seudónimo de Masanobu (que no evoca, como pudiera pensarse, a un guerrero samurai sino al pintor japonés Okumura Masanobu, 1686-1764), habla sobre el humor, sobre el sentido del ridículo, sobre los chistes cruentos e incruentos de la literatura, todos atroces, sobre el grotesco privado y público, sobre lo risible, sobre la desmesura inútil, y concluye que nadie, *absolutamente nadie*, puede erigirse en juez de esa literatura menor que nace en la mofa, que se desarrolla en la mofa, que muere en la mofa. Todos los escritores son grotescos, escribe Wieder. Todos los escritores son Miserables, incluso los que nacen en el seno de familias acomodadas, incluso los que ganan el Premio Nobel. Encuentra también un libro delgado, de tapas marrones, en octavo, titulado *Entrevista con Juan Sauer*. El libro lleva el sello de la editorial El Cuarto Reich Argentino y carece de seña social y año de publicación. No tarda en comprender que Juan Sauer, quien en la entrevista contesta preguntas relacionadas con la fotografía y la poesía, es Carlos Wieder. En las respuestas, largos monólogos divagantes, se bosqueja su teoría del arte. Según Bibiano, decepcionante, como si Wieder estuviera pasando por horas bajas y añorara una normalidad que nunca tuvo, un status de poeta chileno «protegido por el Estado, que de esa manera protege a la cultura». Vomitivo, como para creerles a quienes dicen que han visto a Wieder vendiendo calcetines y corbatas por Valparaíso.

Durante un tiempo Bibiano visita cada vez que puede y siempre extremando la discreción aquel apartado perdido de la Biblioteca. No tarda en comprobar que el apartado crece con nuevas (aunque a menudo decepcionantes) aportaciones. Por unos días Bibiano se cree en posesión de la clave para encontrar al esquivo Carlos Wieder, pero (me confiesa en una carta) tiene miedo y sus pasos son tan prudentes y tímidos que podrían fácilmente confundirse con la inmovilidad. Desea encontrar a Wieder, desea verlo, pero no desea que Wieder lo vea a él y su peor pesadilla es que Wieder, una noche cualquiera, lo *encuentre* a él. Finalmente Bibiano vence sus miedos y se aposta a diario en la Biblioteca. Wieder no aparece. Bibiano decide consultar con un empleado, un viejito cuyo mayor entretenimiento es enterarse de la vida y milagros de *todos* los escritores chilenos, éditos o inéditos. Éste le revela a Bibiano que quien alimenta irregularmente el archivo de Wieder es, presumiblemente, su padre, un jubilado de Viña del Mar a quien el autor hace llegar por correo todos sus trabajos. Alumbrado por esta revelación Bibiano vuelve a hurgar entre los papeles de Wieder y llega a la conclusión de que algunos autores que en principio consideró heterónimos de Wieder no lo son en absoluto: se trata de escritores reales, o de heterónimos, pero de otro, no de Wieder, y que o bien éste ha estado engañando a su padre con producciones que no le pertenecen o bien su padre se ha estado engañando a sí mismo con la obra de un extraño. La conclusión (provisional, en modo alguno definitiva, aclara Bibiano) le parece triste y siniestra y en adelante, en salvaguarda de su equilibrio emocional y de su integridad física, procura seguir la carrera de Wieder pero manteniéndose alejado, sin intentar nunca más una aproximación personal.

No le faltan ocasiones. La leyenda de Wieder crece como la espuma en algunos círculos literarios. Se dice que se ha vuelto rosacruz, que un grupo de seguidores de Joseph Peladan han intentado contactar con él, que una lectura en clave de ciertas páginas del *Amphithéâtre des sciences mortes* preludia o profetiza su irrupción «en el arte y en la política de un país del Lejano Sur». Se dice que vive refugiado en el fundo de una mujer mayor que él, dedicado a la lectura y a la fotografía. Se dice que asiste de vez en cuando (y sin avisar) al salón de Rebeca Vivar Vivanco, más conocida como madame VV, pintora y ultraderechista (Pinochet y los militares, para ella, son unos blandos que acabarán por entregar la República a la Democracia Cristiana), impulsora de comunas de artistas y soldados en la provincia de Aysén, dilapidadora de una de las fortunas familiares más antiguas de Chile y finalmente ingresada en un manicomio hacia la mitad de la década de los ochenta (entre sus obras peregrinas destaca el diseño de los nuevos uniformes de las Fuerzas Armadas y la composición de un poema musical de veinte minutos de duración que los adolescentes de quince años deberían entonar en un rito de iniciación a la vida adulta que se haría, según madame VV, en los desiertos del norte, en las nieves cordilleranas o en los oscuros bosques del sur, dependiendo de su fecha de nacimiento, situación de los planetas, etcétera). Hacia finales de 1977 aparece un juego (un *wargame* estratégico) sobre la Guerra del Pacífico que no obstante una más que discreta campaña de promoción pasa sin pena ni gloria por el incipiente mercado nacional. Su autor, dicen los entendidos (y Bibiano O'Ryan no los desmiente), es Carlos Wieder. El *wargame*, que cubre en turnos quincenales la totalidad de la guerra que desde 1879 enfrentó a Chile con la Alianza Peruano-Boliviana, es presentado al público como un juego más divertido que el Monopoly, aunque los jugadores no tardan en comprender que se hallan ante un juego de doble o de triple lectura. La primera, ardua, llena de tablas, es la de un clásico *wargame*. La segunda incide mágicamente en la personalidad y carácter de los mandos que combatieron durante la guerra: se pregunta, por ejemplo (y se añaden fotos de la época) si Arturo Prat podría encarnar a Jesucristo (y la foto que se facilita de Prat, en efecto, guarda un gran parecido con algunas representaciones de Jesucristo) y se pregunta a continuación si Arturo Prat-

Jesucristo era una *casualidad*, un *símbolo* o una *profecía*. (Y a continuación se pregunta por el significado *real* del abordaje al Huáscar, por el significado *real* del nombre del barco de Prat, la *Esmeralda*, por el significado *real* de que ambos contendientes, el chileno Prat y el peruano Grau, fueran en realidad catalanes.) La tercera gira en torno a la gente corriente que engrosó el victorioso ejército de Chile que llegaría invicto hasta Lima y a la fundación, *en Lima*, en una reunión secreta mantenida en una pequeña iglesia subterránea del tiempo de la Colonia, de lo que diversos autores han dado en llamar, con mayor o menor fortuna pero con un mismo sentido del ridículo, la Raza Chilena. Para el autor del juego (probablemente Wieder), la raza chilena *se funda* una noche cerrada de 1882, siendo Patricio Lynch general en jefe del ejército de ocupación. (También hay fotos de Lynch y un rosario de preguntas que van desde el significado de su nombre hasta las razones ocultas de algunas de sus campañas —¿por qué los chinos *adoraban* a Lynch?— antes y después de ser general en jefe.) El juego, que no se sabe cómo pasó la censura y llegó a comercializarse, no obtuvo ciertamente el éxito esperado y arruinó a los propietarios de la casa editora que se declararon en quiebra pese a tener anunciados otros dos juegos del mismo autor, uno relativo a la lucha contra los araucanos y el otro, que no era un *wargame*, ambientado en una ciudad en donde vagamente se reconocía a Santiago pero que podía ser también Buenos Aires (en todo caso, un Mega-Santiago o una Mega-Buenos Aires), de temática detectivesca pero donde no faltaban los ingredientes espirituales, una especie de *Fuga de Colditz* del alma y del misterio de la condición humana.

Estos dos juegos que nunca vieron la luz obsesionaron por un tiempo a Bibiano O'Ryan. Antes de que dejara de escribirme me informó que se había puesto en contacto con la mayor ludoteca privada de los Estados Unidos por si los juegos se habían comercializado allí. A vuelta de correo recibió un catálogo de treinta páginas con todos los juegos publicados en los Estados Unidos en los últimos cinco años y cuyo género fuera el *wargame*. No lo halló. Sobre el juego de detectives en Mega-Santiago, que entraba en una clasificación más amplia y al mismo tiempo más vaga, no le dijeron una palabra.

Las pesquisas de Bibiano en los Estados Unidos, por otra parte, no se redujeron al mundo de los juegos. Supe por un amigo (aunque no sé si la historia es cierta) que Bibiano contactó con un coleccionista de rarezas literarias, por llamarlo de alguna manera, de la Philip K. Dick Society, de Glen Ellen, California. Bibiano, según parece, le contó a este coleccionista corresponsal suyo, un tipo especializado en los «mensajes secretos de la literatura, la pintura, el teatro y el cine», la historia de Carlos Wieder y el norteamericano pensó que un espécimen de esa calaña tenía que recalar tarde o temprano en los Estados Unidos. El tipo se llamaba Graham Greenwood y creía, a la manera norteamericana, decidida y militante, en la existencia del mal, el mal absoluto. En su particular teología el infierno era un entramado o una cadena de casualidades. Explicaba los asesinatos en serie como una «explosión del azar». Explicaba las muertes de los inocentes (todo aquello que nuestra mente se negaba a aceptar) como el lenguaje de ese azar liberado. La casa del diablo, decía, era la Ventura, la Suerte. Aparecía en programas de televisión comarcales, en pequeñas emisoras de radio de la Costa Oeste o de los estados de Nuevo México, Arizona y Texas propagando su visión del crimen. Para luchar contra el mal recomendaba el aprendizaje de la lectura, una lectura que comprendía los números, los colores, las señales y la disposición de los objetos minúsculos, los programas televisivos nocturnos o matutinos, las películas olvidadas. No creía, sin embargo, en la venganza: estaba en contra de la pena de muerte y a favor de una reforma radical de las cárceles. Siempre iba armado y defendía el derecho de los ciudadanos a portar armas, único medio de prevenir una fascistización del Estado. No circunscribía la lucha contra el mal a los ámbitos del planeta Tierra, que en su cosmología se asemejaba en ocasiones a una colonia penal: en algunos lugares fuera de la Tierra, decía, hay zonas liberadas en donde el azar no penetra y en donde la única fuente de dolor es la memoria; sus habitantes son llamados ángeles, sus ejércitos legiones. De una manera menos literaria pero más radical que Bibiano, se pasaba la vida metiendo la nariz en cuanto mundo bizarro del que tuviera noticia. Sus amistades eran variadas: detectives, militantes por los derechos de las minorías, feministas exiliadas en moteles del Oeste, productores y directores de cine que nunca harían una película y que vivían una vida tan impetuosa y solitaria como la suya. Los miembros de la Philip K. Dick Society, gente, aunque entusiasta, por lo común discreta, lo veían como un loco, pero un loco inofensivo y buena persona, además de ser un estudioso notable de las obras de Dick. Durante un tiempo, pues, Graham Greenwood estuvo esperando, se mantuvo alerta a las señales que pudiera dejar Wieder en su paso por los Estados Unidos, pero sin éxito.

Las señales que deja en la antología móvil de la poesía chilena, por otra parte, son cada vez más tenues. Una poesía firmada con el seudónimo de El Piloto, publicada en una revista de existencia efímera y que a primera vista parece un plagio descarado de un poema de Octavio Paz. Otra poesía, más extensa, aparecida en una revista argentina de cierto prestigio, sobre una vieja empleada indígena que huye aterrorizada de una casa, de la mirada de un poeta, de una nueva forma de amar y que según Bibiano, incansable en sus interpretaciones, se refiere a Amalia Maluenda, la empleada mapuche de las hermanas Garmendia que desapareció la noche de su secuestro y que algunos colaboradores de la Iglesia Católica, que investiga las desapariciones, juran haber visto en las cercanías de Mulchén o de Santa Bárbara, viviendo en ranchos de los faldeos cordilleranos, protegida por sus sobrinos y con el firme propósito de no hablar jamás con ningún chileno. El poema (Bibiano me envió una fotocopia) es curioso, pero no prueba nada, incluso es posible que Wieder no lo escribiera.

Todo lleva a pensar que ha renunciado a la literatura.

Su obra, no obstante, perdura, a la desesperada (tal como a él quizás le hubiera gustado), pero perdura. Algunos jóvenes lo leen, lo reinventan, lo siguen, ¿pero cómo seguir a quien no se mueve, a quien trata, al parecer con éxito, de volverse invisible?

Finalmente Wieder abandona Chile, abandona las revistas minoritarias en donde bajo sus iniciales o bajo alias inverosímiles habían ido saliendo sus últimas creaciones, trabajos hechos a desgana, imitaciones cuyo sentido escapa al lector, y desaparece, aunque su ausencia física (de hecho, *siempre* ha sido una figura ausente) no pone fin a las especulaciones, a las lecturas encontradas y apasionadas que su obra suscita.

En 1986, en el círculo que se reunía alrededor de las cenizas del fallecido crítico Ibacache, trasciende la existencia de una carta (y la noticia no tarda en hacerse pública) presuntamente enviada por un amigo de Wieder en donde se comunica la muerte de éste. En la carta se habla confusamente de albaceas literarios, pero los del círculo de Ibacache, interesados en mantener bien limpio su nombre y el nombre de su maestro, se cierran en redondo y prefieren no contestar. Según Bibiano, la noticia es falsa, probablemente inventada por los mismos seguidores del difunto crítico que, a semejanza de su maestro, ya chochean.

Poco tiempo después, no obstante, aparece un libro póstumo de Ibacache titulado *Las lecturas de mis lecturas* en donde se cita a Wieder. El libro, un muestrario y un anecdotario posiblemente apócrifo y pretendidamente ligero, amable, se afana en consignar las lecturas claves de los autores a quienes Ibacache ha glosado con fervor o complacencia a través de su dilatado periplo de crítico. Así, se comentan las lecturas —y la biblioteca— de Huidobro (sorprendentes), de Neruda (previsibles), de Nicanor Parra (¡Wittgenstein y la poesía popular chilena!, probablemente una broma de Parra al crédulo Ibacache o una broma de Ibacache a sus lectores futuros), de Rosamel del Valle, de Díaz Casanueva, y otros más en donde se echa a faltar la presencia de Enrique Lihn, enemigo jurado del anticuario apologista. Entre los jóvenes el más joven es Wieder (lo que demuestra la fe que Ibacache había depositado en éste) y es en el apartado de sus lecturas en donde la prosa de Ibacache, por lo común llena de florituras o generalidades, las típicas del reseñista de periódico un poco redicho que en el fondo siempre fue, se retrae, abandona poco a poco (¡pero sin pausa alguna!) el tono festivo-familiar con que despacha al resto de sus ídolos, amigos o secuaces. Ibacache, en la soledad de su estudio, intenta fijar la imagen de Wieder. Intenta comprender, en un *tour de force* de su memoria, la voz, el espíritu de Wieder, su rostro entrevisto en una larga noche de charla telefónica, pero fracasa, y el fracaso además es estrepitoso y se hace notar en sus apuntes, en su prosa que de pizpireta pasa a doctoral (algo común en los articulistas latinoamericanos) y de doctoral a melancólica, perpleja. Las lecturas que Ibacache le achaca a Wieder son variadas y posiblemente obedecen más a la arbitrariedad del crítico, a su *descolocamiento*, que a la realidad: Heráclito, Empédocles, Esquilo, Eurípides, Simónides, Anacreonte, Calímaco, Honesto de Corinto. Se permite una chanza a costa de Wieder apuntando que las dos antologías de cabecera de éste eran la *Antología Palatina* y la *Antología de la poesía chilena* (aunque tal vez, bien mirado, no sea una broma). Subraya que Wieder —ese Wieder cuya voz al otro lado del hilo telefónico sonaba como la lluvia, como la intemperie, y esto viniendo de un anticuario hay que tomarlo al pie de la letra— conoce el *Diálogo de un desesperado con su alma* y asimismo ha leído cuidadosamente *Lástima que sea una puta*, de John Ford, cuyas obras completas, incluidas las escritas en colaboración, ha anotado con minuciosidad. (Según Bibiano, descreído por naturaleza, lo más probable era que Wieder sólo hubiera visto la película italiana basada en la pieza de Ford, que en Latinoamérica se estrenó por el año 1973, y cuyo mayor y tal vez único mérito sea la presencia de una joven y turbadora Charlotte Rampling.)

El fragmento referido a las lecturas «del prometedor poeta Carlos Wieder» se interrumpe de pronto, como si Ibacache se diera repentina cuenta de que está caminando en el vacío.

Pero aún hay más: en un artículo sobre cementerios marinos del litoral Pacífico, texto empalagoso y dicharachero rescatado en un volumen titulado *Aguafuertes y acuarelas*, Ibacache, sin que venga a cuento, entre un cementerio cercano a Las Ventanas y otro en las proximidades de Valparaíso, describe un anochecer en un pueblo sin nombre, una plaza vacía donde tiemblan sombras alargadas y vacilantes, y una silueta, la de un hombre joven, con gabardina oscura y alrededor del cuello una bufanda o chalina que vela en parte su rostro. Ibacache y el desconocido hablan, pero entre ambos media una franja, un rectángulo de luz proveniente de una farola, que ninguno de los dos se anima a cruzar. Sus voces, pese a la distancia que los separa, son nítidas. El desconocido, por momentos, emplea un argot violento que contrasta con su voz bien timbrada, pero en general ambos contertulios se expresan en términos correctos. El encuentro, que requiere una intimidad absoluta, concluye con la aparición en la plaza nocturna de una pareja de enamorados seguida por un perro. La interrupción, que dura lo que dura un suspiro o un parpadeo, deja a Ibacache solo, apoyado en su bastón, meditando en la extrañeza y en el destino. El encuentro, a efectos prácticos, también pudo concluir con la aparición de una pareja de carabineros. Entre la vegetación descuidada de la plaza, entre sus sombras, el desconocido se desvanece. ¿Ha sido Wieder? ¿Ha sido una ensoñación del crítico? Quién sabe.

Los años y las noticias adversas o la falta de noticias, contra lo que suele suceder, afirman la estatura mítica de Wieder, fortalecen sus pretendidas propuestas. Algunos entusiastas salen al mundo dispuestos a encontrarlo y, si no a traerlo de vuelta a Chile, al menos a hacerse una foto con él. Todo es en vano. La pista de Wieder se pierde en Sudáfrica, en Alemania, en Italia... Tras un largo peregrinaje, que otros llamarían viaje turístico de uno, dos y tres meses, los jóvenes que han ido en su busca regresan derrotados y sin fondos.

El padre de Carlos Wieder, presumiblemente la única persona conocedora de su paradero, muere en 1990. Su nicho, que nadie visita, está en uno de los sectores más humildes del cementerio municipal de Valparaíso.

Poco a poco se abre paso entre los círculos literarios chilenos la idea, en el fondo tranquilizadora pues los tiempos empiezan a cambiar, de que Carlos Wieder, en efecto, también está *muerto*.

En 1992 su nombre sale a relucir en una encuesta judicial sobre torturas y desapariciones. Es la primera vez que aparece públicamente ligado a temas extraliterarios. En 1993 se le vincula con un *grupo operativo independiente* responsable de la muerte de varios estudiantes en el área de Concepción y en Santiago. En 1994 aparece un libro de un colectivo de periodistas chilenos sobre las desapariciones y se le vuelve a mencionar. También aparece el libro de Muñoz Cano, que ha abandonado la Fuerza Aérea, en uno de cuyos capítulos se relata pormenorizadamente (si bien la prosa de Muñoz Cano peca en

116

ocasiones de un fervor excesivo, de nervios a flor de piel) la velada de las fotos en el departamento de Providencia. Algunos años antes Bibiano O'Ryan publica *El nuevo retorno de los brujos* en una modesta editorial especializada en libros de poesía de reducido formato. El libro es un éxito y catapulta a la editorial a tirajes hasta entonces impensados. *El nuevo retorno de los brujos* es un ensayo ameno (y a su escritura no le son ajenas las novelas policiales que Bibiano y yo consumimos en nuestros años de Concepción) sobre los movimientos literarios fascistas del Cono Sur entre 1972 y 1989. No escasean los personajes enigmáticos o estrafalarios, pero la figura principal, la que se alza única de entre el vértigo y el balbuceo de la década maldita, es sin duda Carlos Wieder. Su figura, como se suele decir más bien tristemente en Latinoamérica, brilla con luz propia. El capítulo que Bibiano dedica a Wieder (el más amplio del libro) se titula «La exploración de los límites» y en él, alejándose de un tono por lo común objetivo y mesurado, Bibiano habla precisamente del brillo; se diría que está contando una película de terror. En determinado momento, con no mucha fortuna, lo compara con el Vathek de William Beckford. Cita las palabras de Borges al respecto: «Yo afirmo que se trata del primer Infierno realmente atroz de la literatura.» Su descripción, las reflexiones que la poética de Wieder suscita en él son vacilantes, como si la presencia de éste lo turbara y lo hiciera perder el rumbo. Y en efecto, Bibiano, que se ríe a sus anchas de los torturadores argentinos o brasileños, cuando enfrenta a Wieder se agarrota, adjetiva sin ton ni son, abusa de las coprolalias, intenta no parpadear para que su personaje (el piloto Carlos Wieder, el autodidacta

117

Ruiz-Tagle) no se le pierda en la línea del horizonte, pero nadie, y menos en literatura, es capaz de no parpadear durante un tiempo prolongado, y Wieder siempre se pierde.

En su defensa salen únicamente tres antiguos compañeros de armas. Los tres están retirados, a los tres los guía el amor por la verdad y un desinteresado altruismo. El primero, un mayor del Ejército, dice que Wieder era un hombre sensible y culto, una víctima más, a su manera, claro, de unos años de fierro en donde se jugó el destino de la República. El segundo, un sargento de Inteligencia Militar, entra más en apreciaciones cotidianas; su imagen de Wieder es la de un joven enérgico, bromista, trabajador, y mire que habían oficiales que no hacían nada, cumplidor con sus subordinados, a los que trataba no le diré que como a hijos porque la mayoría éramos más viejos que él, pero sí como a hermanos menores, mis hermanitos, les decía Wieder, a veces incluso sin venir a cuento, con una gran sonrisa de felicidad —¿pero feliz por qué?— cruzándole la cara. El tercero, un oficial que lo acompañó en algunas misiones en Santiago —pocas, como se preocupó por aclarar— afirma que el teniente de la Fuerza Aérea sólo hizo lo que todos los chilenos tuvieron que hacer, debieron hacer o quisieron y no pudieron hacer. En las guerras internas los prisioneros son un estorbo. Ésta era la máxima que Wieder y algunos otros siguieron y ¿quién, en medio del terremoto de la historia, podía culparlo de haberse excedido en el cumplimiento del deber? A veces, añadía pensativo, un tiro de gracia es más un consuelo que un último castigo: *Carlitos Wieder veía el mundo como desde un volcán, señor, los veía a todos ustedes y se veía a sí mismo como*

desde muy lejos, y todos, disculpe la franqueza, le pare-
cíamos unos bichos miserables; él era así; en su libro de
historia la Naturaleza no tenía una postura pasiva, más
bien al contrario, se movía y nos huasqueaba, aunque esos
golpes nosotros, pobres ignorantes, solemos achacárselos a
la mala suerte o al destino...

Finalmente, un juez pesimista y valiente lo encarta
como inculpado en un proceso de instrucción que no
progresará. Wieder, evidentemente, no se presenta. Otro
juez, esta vez de Concepción, lo cita como principal sos-
pechoso en el juicio por el asesinato de Angélica Garmendia y por la desaparición de su hermana y de su tía.
Amalia Maluenda, la empleada mapuche de las Garmendia, se presenta como testigo sorpresa y durante una semana su presencia es un filón para los periodistas. Los
años transcurridos parecen haber volatilizado el caste-
llano de Amalia. Sus intervenciones están repletas de gi-
ros mapuches que dos jóvenes sacerdotes católicos que
hacen de guardaespaldas suyos y que no la dejan sola ni
un momento se encargan de traducir. La noche del crimen, en su memoria, se ha fundido a una larga historia
de homicidios e injusticias. Su historia está hilada a través de un verso heroico (*épos*), cíclico, que quienes
asombrados la escuchan entienden que en parte es su
historia, la historia de la ciudadana Amalia Maluenda,
antigua empleada de las Garmendia, y en parte la historia de Chile. Una historia de terror. Así, cuando habla de
Wieder, el teniente parece ser muchas personas a la vez:
un intruso, un enamorado, un guerrero, un demonio.
Cuando habla de las hermanas Garmendia las compara
con el aire, con las buenas plantas, con cachorros de perro. Cuando recuerda la noche aciaga del crimen dice

que escuchó una música de españoles. Al ser requerida a especificar la frase «música de españoles», contesta: *la pura rabia, señor, la pura inutilidad.*

Ninguno de los juicios prospera. Muchos son los problemas del país como para interesarse en la figura cada vez más borrosa de un asesino múltiple desaparecido hace mucho tiempo.

Chile lo olvida.

8

Es entonces cuando aparece en escena Abel Romero
y cuando vuelvo a aparecer en escena yo. Chile también
nos ha olvidado.

Romero fue uno de los policías más famosos de la
época de Allende. Ahora es un hombre de más de cincuenta años, bajo de estatura, moreno, excesivamente
delgado y con el pelo negro peinado con gomina o fija-
dor. Su fama, su pequeña leyenda estaba ligada a dos hechos delictivos que en su día estremecieron, como suele
decirse, a los lectores de la crónica negra chilena. El primero fue un asesinato (un puzzle, decía Romero) que se
cometió en Valparaíso, en la habitación de una pensión
de la calle Ugalde. La víctima fue hallada con un disparo
en la frente y la puerta de la habitación estaba con el
pestillo echado y atrancada con una silla. Las ventanas
estaban cerradas por dentro; cualquiera que hubiera salido por allí, además, habría sido visto desde la calle. El
arma del crimen se encontró al lado del muerto por lo
que al principio el dictamen fue inequívoco: suicidio.
Pero tras las primeras pruebas la policía científica com-

probó que la víctima no había disparado ningún tiro. El muerto se llamaba Pizarro y no se le conocían enemigos; llevaba una vida ordenada, más bien solitaria y no tenía ocupación o medio de ganarse la vida aunque luego se comprobó que sus padres, una familia acomodada del sur, le pasaba una asignación mensual. El caso despertó la curiosidad de los periódicos: ¿cómo había salido el asesino del cuarto de la víctima? Echar el pestillo por fuera, como comprobaron con otras habitaciones de la pensión, era casi imposible. Echar el pestillo y encima atrancar la puerta poniendo una silla sobre el pomo de la cerradura, era impensable. Investigaron las ventanas: una de cada diez veces, si se las cerraba desde el artesonado con un golpe seco y preciso, el pasador quedaba enganchado. Pero para escapar por allí era necesario ser un equilibrista y que nadie desde la calle, y el asesinato se produjo a una hora en que ésta solía estar muy transitada, tuviera la mala fortuna de levantar la mirada y descubrirte. Al final, ante la imposibilidad de otras alternativas, la policía llegó a la conclusión de que el asesino había escapado por la ventana y en la prensa nacional fue bautizado como *el equilibrista*. Entonces, desde Santiago, mandaron a Romero y éste resolvió el crimen en veinticuatro horas (otras ocho de interrogatorio, en donde él no participó, bastaron para que el asesino firmara una confesión que no se apartaba demasiado de la línea de investigación seguida). Los hechos, tal como Romero me los relató posteriormente, sucedieron así: la víctima, Pizarro, tenía tratos de alguna especie con el hijo de la dueña de la pensión, un tal Enrique Martínez Corrales, alias el Enriquito o el Henry, aficionado al hipódromo de Viña del Mar en donde siempre acaban juntándose, según Romero, las gentes de mal vivir o aquellos que tienen la *dicha negra*, como escribió Victor Hugo, cuya obra *Los miserables* es la única «joya universal de la literatura» que Romero confiesa haber leído en su juventud, aunque desgraciadamente con el paso del tiempo ha llegado a olvidarla por completo salvo el suicidio de Javert (sobre *Los miserables* volveré más adelante); el tal Enriquito, al parecer, estaba cargado de deudas y de alguna manera enredó en sus negocios a Pizarro. Por un tiempo, lo que dura la mala racha de Enriquito, ambos amigos comparten aventuras que son sufragadas a distancia por los padres de la víctima. Pero un día las cosas le empiezan a ir bien al hijo de la dueña de la pensión y da esquinazo a Pizarro. Éste se considera estafado. Se pelean, se cruzan amenazas, un mediodía Enriquito va a la pieza de Pizarro armado con una pistola. Su intención es asustarlo, no matarlo, pero en plena representación, cuando Enriquito apunta el cañón a la cabeza de Pizarro, la pistola se dispara accidentalmente. ¿Qué hacer? Es entonces cuando Enriquito, en medio de su peor pesadilla, tiene el único rasgo de ingenio de toda su vida. Sabe que si se va, sin más, las sospechas no tardarán en recaer sobre él. Sabe que si el asesinato de Pizarro es presentado sin ornato las sospechas no tardarán en recaer sobre él. Necesita, por tanto, revestir el crimen con los ropajes de la maravilla y de lo inverosímil. Cierra la puerta por dentro, coloca la silla reforzando el encierro, pone la pistola en la mano del difunto, asegura las ventanas y cuando cree tener dispuesta una escenografía de suicidio se mete en el ropero y espera. Conoce a su madre y conoce a los demás pensionistas, que en ese momento comen o ven la tele en el living, sabe, confía que derribarán la puerta sin esperar a los carabineros. En efecto, la puerta es forzada y Enriquito, que ni siquiera ha cerrado el ropero, se suma tranquilamente al resto de la pensión que contempla horrorizada el cuerpo de Pizarro. El caso era muy sencillo, dijo Romero, pero me proporcionó una fama inmerecida por la que después pagué caro.

Mayor notoriedad le dio la resolución del secuestro de Las Cármenes, un fundo cercano a Rancagua, pocos meses antes del fin de la democracia. El caso lo protagonizó Cristóbal Sánchez Grande, uno de los empresarios más ricos del país, que desapareció presuntamente a manos de una organización izquierdista que reclamaba para su puesta en libertad una desorbitada cantidad de dinero que debía ser pagada por el gobierno. Durante semanas la policía no supo qué hacer. Romero, al mando de uno de los tres grupos operativos que buscaban a Sánchez Grande, sopesó la posibilidad de que éste se hubiera autosecuestrado. Durante varios días estuvieron siguiendo a un joven de Patria y Libertad hasta que éste, incautamente, los llevó al fundo Las Cármenes. Allí, mientras la mitad de sus hombres rodeaban la casa mayor, Romero dispuso los tres que le quedaban como tiradores y con una pistola en cada mano y acompañado por un detective jovencito llamado Contreras, que era el más valiente de todos, entró a la casa y apresó a Sánchez Grande. En la refriega murieron dos matones de Patria y Libertad que protegían al empresario y Romero y uno de los que cubrían la parte trasera de la casa resultaron heridos. Por esta acción recibió la Medalla al Valor de manos de Allende, la mayor satisfacción profesional de su vida, una vida más llena de amarguras que de alegrías, según sus propias palabras.

Recordaba su nombre, claro. Había sido una celebridad. Solía aparecer en la crónica roja, ¿antes o después de las páginas deportivas?, junto a los nombres de lugares que entonces considerábamos ignominiosos (no sabíamos lo que era la ignominia), una escenografía del crimen en el Tercer Mundo, en los años sesenta y setenta: casas pobres, descampados, quintas de recreo mal iluminadas. Y había recibido la Medalla al Valor de manos de Allende. La medalla la perdí, dijo con tristeza, y ya no tengo ninguna fotografía que lo pruebe, pero me acuerdo como si fuera ayer del día que me la dieron. Todavía parecía policía.

Tras el Golpe estuvo tres años preso y luego se marchó a París, donde vivía haciendo trabajos eventuales. Sobre la naturaleza de estos trabajos nunca me dijo nada, pero en sus primeros años en París había hecho de todo, desde pegar carteles hasta encerar suelos de oficina, una labor que se realiza de noche, cuando los edificios están cerrados y que permite pensar mucho. El misterio de los edificios de París. De esa manera llamaba a los edificios de oficinas, cuando es de noche y todos los pisos están oscuros, menos uno, y luego ése también se apaga y se enciende otro, y luego ése se apaga y así sucesivamente. De vez en cuando, si el paseante nocturno o el hombre que trabajaba pegando carteles se quedaba quieto durante mucho rato podía ver a alguien que se asomaba a la ventana de uno de esos edificios vacíos y permanecía allí durante un tiempo, fumando o contemplando la ciudad con los brazos en jarra. Era un hombre o una mujer del servicio nocturno de limpieza.

Romero estaba casado y tenía un hijo y tenía planes para volver a Chile e iniciar una nueva vida.

Cuando le pregunté qué quería (pero ya lo había dejado entrar en mi casa y puesto agua a hervir para tomarnos un té) dijo que andaba tras la pista de Carlos Wieder. Bibiano O'Ryan le había proporcionado mi dirección en Barcelona. ¿Conoce usted a Bibiano? Dijo que no lo conocía. No personalmente. Le escribí una carta, él me contestó, luego hablamos por teléfono. Muy típico de Bibiano, dije yo y traté de pensar cuánto hacía que no lo veía: casi veinte años. Su amigo es una buena persona, dijo Romero, y parece conocer muy bien al señor Wieder, pero cree que usted lo conoce mejor. No es verdad, dije. Hay dinero de por medio, dijo Romero, si me ayuda a encontrarlo. Cuando dijo eso miraba mi casa como si calibrara la cantidad exacta con la que podía comprarme. Pensé que no se atrevería a seguir por ese camino, así que decidí quedarme callado y esperar. Le serví el té. Lo tomaba con leche y pareció disfrutarlo. Sentado a mi mesa parecía mucho más pequeño y flaco de lo que realmente era. Le puedo ofrecer doscientas mil pesetas, dijo. Acepto, ¿pero en qué puedo ayudarle?

En asuntos de poesía, dijo. Wieder era poeta, yo era poeta, él no era poeta, ergo para encontrar a un poeta necesitaba la ayuda de otro poeta.

Le dije que para mí Carlos Wieder era un criminal, no un poeta. Bueno, bueno, dijo Romero, no nos pongamos intolerantes, tal vez para Wieder o para cualquier otro *usted* no sea poeta o sea un mal poeta y él o ellos sí, todo depende del cristal con que se mira, como decía Lope de Vega, ¿no cree? ¿Doscientas mil al contado, ahora mismo?, dije yo. Doscientas mil pesetas al tiro, dijo con energía, pero acuérdese de que a partir de ahora trabaja para mí y quiero resultados. ¿Cuánto le pagan a usted? Bastante, dijo, la persona que me contrató tiene mucha plata.

Al día siguiente llegó a mi casa con un sobre de cincuenta mil pesetas y una maleta llena de revistas de literatura. El resto se lo daré cuando me giren el dinero, dijo. Le pregunté por qué creía que Carlos Wieder estaba vivo. Romero se sonrió (tenía una sonrisa de comadreja, de ratón de campo) y dijo que era su cliente el que creía que estaba vivo. ¿Y qué le hace pensar que se encuentra en Europa y no en América o en Australia? Me he hecho una composición del hombre, dijo. Después me invitó a comer a un restaurante de la calle Tallers, donde yo vivía (él se había alojado en una pensión discreta y decente de la calle Hospital, a pocos pasos de mi casa) y la conversación versó sobre sus años en Chile, sobre el país que ambos recordábamos, sobre la policía chilena que Romero (para mi estupor) colocaba entre las mejores del mundo. Es usted un fanático y un patriotero, le dije mientras tomábamos los postres. Le aseguro que no, dijo, en mis tiempos de la Brigada no hubo asesinato que quedara sin resolver. Y los cabros que entraban en Investigaciones eran gente de lo más preparada, con las humanidades terminadas con buenas notas y después tres años de academia con excelentes profesores. Recuerdo que el criminólogo González Zavala, el doctor González Zavala que en paz descanse, decía que las dos mejores policías del mundo, al menos en lo que respecta al Departamento de Homicidios, eran la inglesa y la chilena. Le dije que no me hiciera reír.

Salimos a las cuatro de la tarde, después de comer y bebernos dos botellas de vino. Vino español y conversado, dijo Romero, mejor que el francés. Le pregunté si tenía algo contra los franceses. La cara pareció ensombrecérsele y dijo que quería irse, sólo eso, ya son demasiados años.

Nos tomamos un café en el bar Céntrico hablando de *Los miserables*. Romero consideraba a Jean Valjean que luego se convirtió en Madeleine y luego en Fauchelevent como un personaje ordinario, *encontrable* en las abigarradas ciudades latinoamericanas. Javert, por el contrario, le parecía excepcional. Ese hombre, me dijo, es como una sesión de psicoanálisis. No me costó comprender que Romero nunca se había psicoanalizado, aunque para él tal actividad estaba adornada con todo el prestigio del mundo. Javert, el policía de Victor Hugo, a quien compadecía y admiraba, era para él en esa medida como un lujo, una «comodidad que sólo de vez en cuando podemos gozar». Le pregunté si había visto la película, una francesa, muy antigua. No, dijo; sé que hay un musical que dan en Londres, pero ése tampoco lo he visto, debe ser como *La Pérgola de las Flores*. No recordaba, como ya he dicho, nada de la novela, pero sí que Javert se suicida. Yo tenía mis dudas. Tal vez en la película no lo hiciera. (Al evocarla sólo acuden a mi memoria dos imágenes: las barricadas de 1832 con su trasiego de estudiantes revolucionarios y gamines, y la figura de Javert tras ser salvado por Valjean, de pie en la boca de una alcantarilla, con la mirada perdida en el horizonte y el ruido como de cataratas, en verdad majestuoso, de las aguas fecales que caen al Sena. Aunque lo más probable es que confunda o mezcle películas.) Hoy en día, dijo Romero paladeando las últimas gotas de un carajillo, al menos en las películas norteamericanas, los policías sólo se divorcian. Javert, en cambio, se suicida. ¿Nota la diferencia?

Luego subió conmigo los cinco pisos hasta mi casa, abrió la maleta y puso las revistas sobre la mesa. Lea con calma, dijo, yo mientras tanto voy a hacer un poco de turismo. ¿Qué museos me recomienda? Recuerdo que le indiqué vagamente cómo llegar al Museo Picasso y de ahí a la Sagrada Familia y después Romero se marchó.

Pasaron tres días hasta que lo volví a ver.

Las revistas que me dejó eran todas europeas. De España, de Francia, de Portugal, de Italia, de Inglaterra, de Suiza, de Alemania. Incluso había una de Polonia, dos de Rumanía y una de Rusia. La mayoría eran fanzines de escaso tiraje. Los métodos de impresión, salvo algunas francesas, alemanas e italianas que se veían profesionales y con un sólido soporte financiero, iban desde las fotocopiadas hasta las ciclostiladas (una de las rumanas) y el resultado saltaba a la vista, la calidad defectuosa, el papel barato, el diseño deficiente hablaban de una literatura de albañal. Las hojeé todas. Según Romero, en alguna de ellas debía de haber una colaboración de Wieder, bajo otro nombre, por supuesto. No eran revistas literarias de derechas al uso: cuatro de ellas las sacaban grupos de *skinheads*, dos eran órganos irregulares de hinchas de fútbol, al menos siete dedicaban más de la mitad de sus páginas a la ciencia-ficción, tres eran de clubes de *wargames*, cuatro se dedicaban al ocultismo (dos italianas y dos francesas) y entre éstas, una (italiana), abiertamente a la adoración del diablo, por lo menos quince eran abiertamente nazis, unas seis podían adscribirse a la corriente seudo histórica del «revisionismo» (tres francesas, dos italianas y una suiza en lengua francesa), una, la rusa, era una mezcla caótica de todo lo anterior, al menos a esa conclusión llegué por las caricaturas (numerosísimas, como si de repente sus potenciales lectores rusos se hubieran vuelto analfabetos, pero providencial para mí que no sé ruso), casi todas eran racistas y antisemitas.

Al segundo día de lecturas comencé a interesarme de verdad. Vivía solo, no tenía dinero, mi salud dejaba bastante que desear, hacía mucho que no publicaba en ninguna parte, últimamente ya ni siquiera escribía. Mi destino me parecía miserable. Creo que había empezado a acostumbrarme a la autocompasión. Las revistas de Romero, todas juntas sobre mi mesa (decidí comer de pie en la cocina para no moverlas), en montoncitos según la nacionalidad, las fechas de publicación, la tendencia política o el género literario en el que se movían, obraron en mí con el efecto de un antídoto. Al segundo día de lecturas me sentí mal físicamente pero no tardé en descubrir que el malestar se debía a mi falta de sueño y mala alimentación, así que decidí bajar a la calle, comprar un bocadillo de queso y luego dormir. Cuando desperté, seis horas después, estaba fresco y descansado y con ganas de seguir leyendo o releyendo (o adivinando, según fuera el idioma de la revista), cada vez más involucrado en la historia de Wieder, que era la historia de algo más, aunque entonces no sabía de qué. Una noche incluso tuve un sueño al respecto. Soñé que iba en un gran barco de madera, un galeón tal vez, y que atravesábamos el Gran Océano. Yo estaba en una fiesta en la cubierta de popa y escribía un poema o tal vez la página de un diario mientras miraba el mar. Entonces alguien, un viejo, se ponía a gritar ¡tornado!, ¡tornado!, pero no a bordo del galeón sino a bordo de un yate o de pie en una escollera. Exactamente igual que en una escena de *El bebé de Rosemary*, de Polansky. En ese instante el galeón comenzaba a hundirse y todos los sobrevivientes nos convertíamos en náufragos. En el mar, flotando agarrado a un tonel de aguardiente, veía a Carlos Wieder. Yo flotaba agarrado a un palo de madera podrida. Comprendía en ese momento, mientras las olas nos alejaban, que Wieder y yo habíamos viajado en el *mismo* barco, sólo que él había contribuido a hundirlo y yo había hecho poco o nada por evitarlo. Así que cuando volvió Romero, al cabo de tres días, lo recibí casi como a un amigo.

No había ido al Museo Picasso ni a la Sagrada Familia, pero había visitado el museo del Camp Nou y el nuevo Zoológico Acuático. En mi vida, me dijo, había visto un tiburón tan de cerca, algo impresionante, se lo prometo. Cuando le pregunté su opinión sobre el Camp Nou respondió que él siempre fue de la idea de que aquel estadio era el mejor de Europa. Lástima que el Barcelona perdiera el año pasado con el Paris Saint-Germain. No me va a decir, Romero, que es usted culé. No conocía la palabra. Se la expliqué y le pareció divertida. Durante un rato estuvo como ausente. Soy culé provisional, dijo. En Europa me gusta el Barcelona, pero en el fondo de mi corazón soy del Colo-Colo. Qué le vamos a hacer, añadió con tristeza y orgullo.

Esa tarde, después de comer juntos en una tasca de la Barceloneta, me preguntó si había leído las revistas. Estoy en ello, le dije. Al día siguiente apareció con una televisión y un vídeo. Son para usted, haga de cuenta que es un regalo de mi cliente. No veo tele, dije. Pues hace mal, no sabe la cantidad de cosas interesantes que se está perdiendo. Odio los concursos, dije. Algunos son muy interesantes, dijo Romero. Son gente sencilla, autodidactas enfrentados contra todo el mundo. Recordé que Wieder era o pretendía ser, en sus lejanos tiempos de Concepción, un autodidacta. Yo leo libros, Romero, dije, y ahora revistas, y a veces escribo. Ya se ve, dijo Romero. Y añadió de inmediato: no se lo tome a mal, siempre he respetado a los curas y a los escritores que no poseen nada. Me acuerdo de una película de Paul Newman, dijo, era un escritor y le daban el Premio Nobel y el hombre confesaba que durante todos esos años se había ganado la vida escribiendo bajo seudónimo novelas policiales. Respeto a esa clase de escritores, dijo. Pocos habrá conocido, dije con sorna. Romero no lo advirtió. Usted es el primero, dijo. Luego me explicó que no era conveniente instalar la tele en la pensión donde vivía y que era necesario que yo viera tres vídeos que había traído. Creo que me reí de puro miedo. Dije: no me diga que tiene a Wieder allí. En las tres películas, sí señor, dijo Romero.

Instalamos la tele, y antes de enchufar el vídeo Romero intentó ver si podía captar algún canal, pero fue imposible. Va a tener que comprarse una antena, dijo. Después puso la primera cinta de vídeo. No me levanté de mi puesto en la mesa, junto a las revistas. Romero se sentó en el único sillón que había en la sala.

Eran películas pornográficas de bajo presupuesto. A la mitad de la primera (Romero había subido una botella de whisky y veía la película tomando pequeños sorbitos) le confesé que yo era incapaz de ver tres películas porno seguidas. Romero esperó hasta el final y luego apagó el vídeo. Véalas esta noche, usted solo, sin prisas, dijo mientras guardaba la botella de whisky en un rincón de la cocina. ¿Tengo que reconocer a Wieder entre los actores?, pregunté antes de que se marchara. Romero sonrió enigmáticamente. Lo importante son las revistas, las películas son idea mía, trabajo rutinario.

Esa noche vi las dos películas que me faltaban y luego volví a ver la primera y después volví a ver las otras dos. Wieder no aparecía por ninguna parte. Tampoco Romero volvió a aparecer al día siguiente. Pensé que lo de las películas era una broma de Romero. La presencia de Wieder entre las paredes de mi casa, no obstante, se hacía cada vez más fuerte, como si de alguna manera las películas lo estuvieran conjurando. No hay que hacer teatro, me dijo Romero en una ocasión. Pero yo sentía que mi vida entera se estaba yendo a la mierda.

Cuando Romero volvió lucía un traje nuevo, recién comprado, y a mí me había traído un regalo. Deseé fervientemente que no fuera una prenda de vestir. Abrí el paquete: era una novela de García Márquez —que ya había leído, aunque no se lo dije— y un par de zapatos. Pruébeselos, dijo, espero que el número le vaya bien, los zapatos españoles son muy apreciados en Francia. Con sorpresa advertí que los zapatos me iban a la perfección.

Explíqueme el enigma de las películas pornográficas, dije. ¿No notó nada raro, fuera de lo normal, algo que le llamara la atención?, preguntó Romero. Por su expresión me di cuenta que las películas, las revistas, todo, excepto tal vez su proyectado regreso familiar a Chile, le importaba un carajo. Lo único reseñable es que cada día estoy más obsesionado con el cabrón de Wieder, dije. ¿Y eso es bueno o es malo? No bromee, Romero, dije. Bueno, le voy a contar una historia, dijo Romero, el teniente está en todas esas películas, sólo que detrás de la cámara. ¿Wieder es el director de esas películas? No, dijo Romero, es el fotógrafo.

Después me explicó la historia de un grupo que hacía cine porno en una villa del Golfo de Tarento. Una mañana, de esto haría un par de años, aparecieron todos muertos. En total, seis personas, tres actrices, dos actores y el cámara. Se sospechó del director y productor y se le detuvo. También detuvieron al dueño de la villa, un abogado de Corigliano relacionado con el *hard-core* criminal, es decir con las películas porno con crímenes no simulados. Todos tenían coartada y se les dejó en libertad. Al cabo de un tiempo el caso se archivó. ¿En dónde entraba Carlos Wieder en este asunto? Había otro cámara. Un tal R. P. English. Y a éste la policía italiana no lo pudo localizar nunca.

¿English era Wieder? Cuando Romero comenzó su investigación así lo creía y durante un tiempo recorrió Italia buscando gente que hubiera conocido a English a las que mostraba una vieja foto de Wieder (aquella en la que Wieder posa junto a su avión), pero no encontró a nadie que recordara al cámara, como si éste no hubiera existido o no tuviera rostro para ser recordado. Finalmente, en una clínica de Nimes encontró a una actriz que había trabajado con English y que se acordaba de cómo era. La actriz se llamaba Joanna Silvestri y era una preciosidad, dijo Romero, la mujer más bonita, se lo prometo, que he visto en mi vida. ¿Más bonita que su mujer?, le pregunté para picarlo un poco. Hombre, mi señora ya está un poco veterana y no cuenta, dijo Romero. Yo también, añadió casi de inmediato. El caso es que ésta era la mujer más bonita que había visto. Hablando con propiedad: la más buena moza. Una mujer ante la que había que sacarse el sombrero, créame. Le pregunté cómo era. Rubia, alta, con una mirada que lo devolvía a uno a la infancia. Mirada de terciopelo, con destellos de tristeza y decisión. Además tenía huesos magníficos y piel muy blanca, con ese matiz oliváceo que se da en abundancia en el Mediterráneo. Una mujer para soñar despierto, pero también para vivir y para compartir apuros y malos ratos. Lo certificaban, dijo Romero, sus huesos, su piel, su mirada sabia. Nunca la vi levantada, pero me imagino que debía ser como una reina. La clínica no era de lujo, sin embargo tenía un pequeño jardín que por las tardes se llenaba de pacientes, la mayoría franceses e italianos. La última vez, cuando más tiempo estuvimos juntos, la invité a bajar (tal vez por miedo a que se aburriera conmigo, a solas en la habitación). Me dijo que no podía. Hablábamos en francés pero de vez en cuando intercalaba expresiones en italiano. Eso lo dijo en italiano, mi amigo, mirándome a la cara y yo me sentí el hombre más impotente o jodido o desgraciado del mundo. No sé explicarlo: me hubiera puesto a llorar ahí mismo. Pero me controlé y traté de seguir conversando acerca de cosas relacionadas con el asunto que me traía entre manos. A ella le hacía gracia que yo fuera chileno y que anduviera buscando al tal English. El detective chileno, me decía con una sonrisa. Parecía una gata, en la cama, con los brazos cruzados y varios almohadones a la espalda. El relieve de sus piernas debajo de las mantas ya era como un milagro: pero no uno de esos milagros que lo dejan a uno confuso, sino de esos que pasan como el aire dejándote tranquilo, más tranquilo que antes, quiero decir. Por la flauta, qué linda era, dijo Romero de pronto. ¿Estaba enferma? Se estaba muriendo, dijo Romero, y estaba más sola que una perra, al menos a esa horrible conclusión llegué yo las dos tardes que pasé en la clínica, y pese a todo se mantenía serena y lúcida. Le gustaba hablar, se notaba que la animaban las visitas (no debía de tener muchas, aunque en realidad yo qué sé), siempre estaba leyendo o escribiendo cartas o viendo la televisión con los auriculares puestos. Leía revistas de actualidad, revistas de mujeres. Su habitación estaba muy ordenada y olía bien. Ella y la habitación. Supongo que se pasaba el cepillo por el pelo y se echaba colonia o perfume en el cuello y en las manos antes de recibir a las visitas. Yo eso sólo puedo imaginármelo. La última vez que la vi, antes de despedirnos, encendió la tele y buscó un canal italiano en el que daban no sé qué cosa. Temí que fuera una película suya. Le juro que entonces sí que no habría sabido qué hacer y mi vida entera hubiera dado un vuelco. Pero se trataba de un programa de entrevistas en donde aparecía un antiguo amigo suyo. Le di la mano y me marché. Al llegar a la puerta no pude evitarlo y me volví a mirarla. Ya se había puesto los auriculares en las orejas y tenía, fíjese qué curioso, un aire marcial, no sé de qué otra manera calificarlo, como si la habitación de enferma fuera la sala de mandos de una nave espacial y ella la capitaneara con mano segura. ¿Al final qué pasó?, pregunté ya sin ganas de burlarme de Romero. No pasó nada, recordaba a English y me lo describió bastante bien, pero con esa descripción debe haber miles de personas en Europa, y no pudo reconocerlo en la vieja foto de aviador, claro, ya son más de veinte años, mi amigo. No, dije, qué pasó con Joanna Silvestri. Se murió, dijo Romero. ¿Cuándo? Unos meses después de que yo la viera, leí la noticia estando en París, en la necrológica del *Libération*. ¿Y nunca ha visto una película de ella?, pregunté. ¿De Joanna Silvestri?, no, hombre, cómo se le ocurre, nunca. ¿Ni siquiera por curiosidad? Ni por ésas, soy un hombre casado y ya mayorcito, dijo Romero.

Esa noche fui yo quien lo invitó a cenar. Comimos en la calle Riera, en un restaurante barato y familiar y después nos pusimos a caminar a la ventura por el barrio. Al pasar junto a un videoclub abierto le dije a Romero que me siguiera. No pensará alquilar un vídeo de ella, oí su voz a mis espaldas. No me fío de su descripción, le dije, quiero ver qué cara tenía. Las películas porno ocupaban tres estanterías en el fondo del local. Creo que sólo una vez antes había entrado en un videoclub. Hacía tiempo que no me sentía tan bien, aunque por dentro estaba ardiendo. Romero buscó durante un rato. Lo veía pasar sus manos, unas manos oscuras y sarmentosas, por las carátulas y sólo eso ya me hacía sentir bien. Es ésta, dijo. Tenía razón, era una mujer muy hermosa. Cuando salimos me di cuenta de que el videoclub era la única tienda del barrio que permanecía abierta.

Al día siguiente, cuando Romero pasó por mi casa, le dije que creía tener identificado a Carlos Wieder. ¿Si lo volviera a ver, podría reconocerlo? No lo sé, contesté.

9

Ésta es mi última transmisión desde el planeta de los monstruos. No me sumergiré nunca más en el mar de mierda de la literatura. En adelante escribiré mis poemas con humildad y trabajaré para no morirme de hambre y no intentaré publicar.

De la colección de revistas que fui amontonando en mi mesa habían dos que llamaron mi atención. Con las otras era posible hacer un muestrario variopinto de psicópatas y esquizofrénicos, pero sólo esas dos tenían el *élan*, la singularidad de empresa que atraía a Carlos Wieder. Ambas eran francesas: el número 1 de *La Gaceta Literaria de Evreaux* y el número 3 de la *Revista de los Vigilantes Nocturnos de Arras*. En cada una de ellas encontré un trabajo crítico de un tal Jules Defoe, aunque en *La Gaceta* adoptaba la forma, puramente circunstancial, del verso. Pero antes debo hablar de Raoul Delorme y de la secta de los *escritores bárbaros*.

Nacido en 1935, Raoul Delorme fue soldado y vendedor del mercado de abastos antes de encontrar una colocación fija (y más acorde con una ligera enfermedad en las vértebras contraída en la Legión) como portero de un edificio del centro de París. En 1968, mientras los estudiantes levantaban barricadas y los futuros novelistas de Francia rompían a ladrillazos las ventanas de sus Liceos o hacían el amor por primera vez, decidió fundar la secta o el movimiento de los Escritores Bárbaros. Así que, mientras unos intelectuales salían a tomar las calles, el antiguo legionario se encerró en su minúscula portería de la rue Des Eaux y comenzó a dar forma a su nueva literatura. El aprendizaje consistía en dos pasos aparentemente sencillos. El encierro y la lectura. Para el primer paso había que comprar víveres suficientes para una semana o ayunar. También era necesario, para evitar las visitas inoportunas, avisar que uno no estaba disponible para nadie o que salía de viaje por una semana o que había contraído una enfermedad contagiosa. El segundo paso era más complicado. Según Delorme, había que fundirse con las obras maestras. Esto se conseguía de una manera harto curiosa: defecando sobre las páginas de Stendhal, sonándose los mocos con las páginas de Victor Hugo, masturbándose y desparramando el semen sobre las páginas de Gautier o Banville, vomitando sobre las páginas de Daudet, orinándose sobre las páginas de Lamartine, haciéndose cortes con hojas de afeitar y salpicando de sangre las páginas de Balzac o Maupassant, sometiendo, en fin, a los libros a un proceso de degradación que Delorme llamaba humanización. El resultado, tras una semana de ritual *bárbaro*, era un departamento o una habitación llena de libros destrozados, suciedad y mal olor en donde el aprendiz de literato boqueaba a sus anchas, desnudo o vestido con shorts, sucio y convulso como un recién nacido o más apropiadamente como el primer pez que decidió dar el salto y vivir fuera del agua. Según Delorme, el *escritor bárbaro* salía fortalecido de la experiencia y, lo que era verdaderamente importante, salía con una cierta instrucción en el arte de la escritura, una sapiencia adquirida mediante la «cercanía real», la «asimilación real» (como la llamaba Delorme) de los clásicos, una cercanía corporal que rompía todas las barreras impuestas por la cultura, la academia y la técnica.

No se sabe cómo pero no tardó en tener algunos seguidores. Eran gente como él, sin estudios y de condición social baja y a partir de mayo del 68 dos veces al año se encerraban, solos o en grupos de dos, tres y hasta cuatro personas, en buhardillas minúsculas, porterías, cuartos de hotel, casitas de los suburbios, trastiendas y reboticas y preparaban el advenimiento de la nueva literatura, una literatura que *podía* ser de todos, según Delorme, pero que en la práctica sólo sería de aquellos capaces de cruzar el puente de fuego. Mientras tanto, se contentaban con publicar fanzines que vendían ellos mismos en precarios tenderetes instalados en cualquier espacio de los innumerables mercadillos de libros usados y revistas que pululaban por las calles y plazas de Francia. La mayoría de los *bárbaros*, por supuesto, eran poetas aunque algunos escribían cuentos y otros se atrevían con pequeñas piezas de teatro. Sus revistas tenían nombres anodinos o fantásticos (en *La Gaceta Literaria de Evreaux* se daba una lista de publicaciones del movimiento): *Los Mares Interiores*, *El Boletín Literario Provenzal*, *La Revista de las Artes y las Letras de Tolón*, *La Nueva Escuela Literaria*, etc. En la *Revista de los Vigilantes Nocturnos de Arras* (publicada, en efecto, por una corporación de vigilantes nocturnos de Arras) venía una antología *bárbara* bastante ilustrativa y meticulosa; bajo el subtítulo «Cuando la afición deviene profesión» aparecían poemas de Delorme, Sabrina Martin, Ilse Kraunitz, M. Poul, Antoine Dubacq y Antoine Madrid; cada uno estaba representado con un solo poema salvo Delorme y Dubacq, con tres y dos respectivamente. Como para subrayar el grado de *afición* de los poetas, debajo de sus nombres y al lado de unas curiosas fotos tipo carnet, entre paréntesis, se informaba al lector de su ocupación diaria y así uno podía saber que la Kraunitz era auxiliar de enfermera en un geriátrico de Estrasburgo, que Sabrina Martin hacía labores domésticas en varias casas de París, que M. Poul era carnicero y que Antoine Madrid y Antoine Dubacq se ganaban los francos como quiosqueros en sendos puestos de periódicos de un céntrico bulevar parisino. Las fotos de Delorme y de su pandilla tenían algo que imperceptiblemente llamaba la atención: primero, todos miraban fijamente a la cámara y por tanto a los ojos del lector como si estuvieran comprometidos en un infantil (o al menos vano) intento de hipnosis; segundo, todos, sin excepción, parecían confiados y seguros, sobre todo seguros, en las antípodas del ridículo y de la duda, algo que, bien pensado, tal vez no fuera poco corriente tratándose de literatos franceses. La diferencia de edades era notoria, lo que eliminaba una afinidad generacional entre los Escritores Bárbaros. Entre Delorme, que había cumplido (aunque no los aparentaba) sesenta años y Antoine Madrid, que seguramente aún no tenía veintidós, mediaban al menos dos generaciones. Los textos, tanto en una como en otra revista, venían precedidos por una «Historia de la Escritura Bárbara», de un tal Xavier Rouberg y por una suerte de manifiesto del propio Delorme titulado «La afición a escribir». En ambos se informaba, más bien con pedantería y torpeza en el texto de Delorme pero, sorprendentemente, con agilidad y elegancia en el de Rouberg (al que una pequeña nota biobibliográfica, probablemente redactada por él mismo, presentaba como ex surrealista, ex comunista, ex fascista, autor de un libro sobre «su amigo» Salvador Dalí titulado *Dalí en contra y a favor de la Ópera del Mundo*, y actualmente retirado en el Poitou), de la génesis de la *escritura bárbara* y de algunos hitos que marcaban su subterránea y no siempre tranquila singladura. Sin las notas de Rouberg y Delorme hubiera sido fácil tomarlos por miembros activos (o tal vez más voluntariosos que activos) de un taller de literatura de algún barrio obrero de los suburbios. Sus rostros eran vulgares: Sabrina Martin parecía rondar la treintena y la tristeza, Antoine Madrid tenía un airecillo de chulo reservado y discreto, de aquellos que suelen guardar las distancias, Antoine Dubacq era calvo, miope y cuarentón, la Kraunitz, tras una apariencia de oficinista de edad indefinida, parecía ocultar un enorme caudal de energía inestable, M. Poul era una calavera, con el rostro fusiforme, el pelo cortado al cepillo, nariz larga y huesuda, orejas pegadas al cráneo, nuez prominente, de unos cincuenta años, y Delorme, el jefe, parecía exactamente lo que era, un ex legionario y un tipo con una gran voluntad. (¿Pero cómo se le pudo ocurrir a *ese* hombre que profanando libros se podía mejorar el francés hablado y escrito? ¿En qué momento de su vida definió las líneas maestras de su *ritual?*) Junto a los textos de Rouberg (a quien el editor de la *Revista de los Vigilantes Nocturnos*

142

de Arras llamaba el Juan Bautista del nuevo movimiento literario) se encontraban los textos de Jules Defoe. En la *Revista* era un ensayo y en *La Gaceta* era un poema. En el primero se propugnaba, en un estilo entrecortado y feroz, una literatura escrita por gente ajena a la literatura (de igual forma que la política, tal como estaba ocurriendo y el autor se felicitaba por ello, debía hacerla gente ajena a la política). La revolución pendiente de la literatura, venía a decir Defoe, será de alguna manera su abolición. Cuando la Poesía la hagan los no-poetas y la lean los no-lectores. Podía haberlo escrito cualquiera, pensé, incluso el mismo Rouberg (pero su estilo estaba en las antípodas, Rouberg, se notaba, era viejo, era irónico, era venenoso, había sido elegante, era *europeo*, la literatura, para él, tenía la forma de un río navegable, de cauce azaroso, sin duda, pero un río y no un huracán contemplado en la lejanía inmensa de la Tierra) o el propio Delorme (suponiendo que éste tras destripar cientos de libros de literatura francesa del XIX hubiera aprendido por fin a escribir en prosa, lo cual era mucho suponer), cualquiera con ganas de quemar el mundo, pero tuve la corazonada de que aquel adalid del ex portero parisino era Carlos Wieder.

Del poema (un poema narrativo que me recordó, Dios me perdone, trozos del diario poético de John Cage mezclado con versos que sonaban a Julián del Casal o Magallanes Moure traducidos al francés por un japonés rabioso) hay poco que decir. Era el humor terminal de Carlos Wieder. Era la seriedad de Carlos Wieder.

10

No volví a ver a Romero hasta dos meses más tarde. Cuando regresó a Barcelona estaba más flaco. Tengo localizado a Jules Defoe, dijo. Ha estado todo el tiempo aquí al lado, junto a nosotros, dijo. ¿Parece mentira, verdad? La sonrisa de Romero me asustó.

Estaba más flaco y parecía un perro. Vámonos, ordenó la misma tarde de su regreso. Dejó su maleta en mi casa y antes de salir se aseguró de que cerrara la puerta con llave. No esperaba que todo fuera tan rápido, alcancé a decir. Romero me miró desde el pasillo y dijo prepárese, tenemos que hacer un pequeño viaje, ya le contaré todo por el camino. ¿Lo hemos encontrado de verdad?, dije. No sé por qué empleé el plural. Hemos encontrado a Jules Defoe, dijo y movió la cabeza en un gesto ambiguo que podía significar muchas cosas. Lo seguí como un sonámbulo.

Creo que hacía meses, tal vez años, que no salía de Barcelona y la estación de Plaza Cataluña (a pocos metros de mi casa) me pareció totalmente desconocida, luminosa, llena de nuevos artilugios cuya utilidad se me escapaba. Hubiera sido incapaz de desenvolverme por mí mismo con la prestancia y rapidez con que lo hacía Romero y éste se dio cuenta o calculó de antemano mi previsible torpeza de viajero y se encargó de franquearme el paso a través de las máquinas que vedaban el acceso a los andenes. Después, tras esperar unos minutos en silencio, tomamos un tren de cercanías y bordeamos el Maresme hasta el principio de la Costa Brava, Blanes, pasado el río Tordera. Mientras salíamos de Barcelona le pregunté quién era el que pagaba. Un compatriota, dijo Romero. Atravesamos dos estaciones de metro y luego salimos a los suburbios. De pronto apareció el mar. Un sol débil iluminaba las playas que se iban sucediendo como cuentas de un collar sin cuello, suspendido en el vacío. ¿Un compatriota? ¿Y qué interés tiene en todo esto? Eso es mejor que usted no lo sepa, dijo Romero, pero figúrese. ¿Paga mucho? (Si paga mucho, pensé, es que el resultado final de esta investigación sólo puede ser uno.) Bastante, es un compatriota que se ha hecho rico en los últimos años, suspiró, pero no en el extranjero, en Chile mismo, fíjese lo que es la vida, parece que en Chile hay bastante gente que se está haciendo rica. Eso he oído, dije con un tono que pretendió ser sarcástico pero que sólo fue triste. ¿Y qué va a hacer usted con el dinero, sigue pensando en volver? Sí, voy a volver, dijo Romero. Al cabo de un rato añadió: tengo un plan, un negocio que no puede fallar, lo he estudiado en París y no puede fallar. ¿Y qué plan es ése?, pregunté. Un negocio, dijo. Voy a poner mi propio negocio. Me quedé callado. Todos volvían con la idea del negocio. Por la ventana del tren vi una casa de una gran belleza, de arquitectura modernista, con una alta palmera en el jardín.

145

Me haré empresario de pompas fúnebres, dijo Romero, empezaré con algo chiquitito pero tengo confianza en progresar. Creí que bromeaba. No me joda, dije. Se lo digo en serio: el secreto está en proporcionar a la gente de pocos recursos un funeral digno, incluso diría con cierta elegancia (en eso los franceses, créame, son los número uno), un entierro de burgueses para la pequeña burguesía y un entierro de pequeños burgueses para el proletariado, ahí está el secreto de todo, no sólo de las empresas de pompas fúnebres, ¡de la vida en general! Tratar bien a los deudos, dijo después, hacerles notar la cordialidad, la clase, la superioridad moral de cualquier fiambre. Al principio, dijo cuando el tren dejó atrás Badalona y yo empecé a pensar que lo que íbamos a hacer era de verdad, era inexorable, me bastará con tres piezas bien arregladas, una para oficina y también para retocar al difunto, otra como velatorio y la última como sala de espera, con sillas y ceniceros. Lo ideal sería alquilar una casita de dos pisos cerca del centro, los altos para vivienda y los bajos para la funeraria. El negocio sería familiar, mi señora y mi hijo me pueden echar una mano (aunque en lo que respecta a mi hijo no estoy tan seguro), pero también sería conveniente contratar a una secretaria, joven y discreta, aparte de buena trabajadora, ya sabe usted lo que se agradece durante un velorio o en el entierro mismo la cercanía física de la juventud. Por supuesto, cada dos por tres el empresario tiene que salir (o en su ausencia cualquier ayudante) a ofrecer pisco o cualquier otra bebida a los familiares y amigos del difunto. Esto se tiene que hacer con simpatía y con delicadeza. Sin fingir que el muerto es pariente de uno, pero haciendo patente que el trámite no es ajeno a la propia experiencia. Hay que hablar a media voz, hay que evitar los acaloramientos, hay que dar la mano y con la izquierda estrechar el codo, hay que saber a quién abrazar y en qué momento, hay que terciar en las discusiones, ya sean de política, de fútbol, de la vida en general o de los siete pecados capitales, pero sin tomar partido, como un buen juez jubilado. En los ataúdes la ganancia puede llegar a ser del trescientos por ciento. Tengo un compadre en Santiago de los tiempos de la Brigada que se dedica a hacer sillas. Le hablé el otro día por teléfono del asunto y dijo que de las sillas a los ataúdes hay un solo paso. Con una furgoneta negra me puedo arreglar el primer año. El trabajo, no le quepa duda, más que sudor exige don de gentes. Y si uno ha vivido tantos años en el extranjero y tiene cosas para contar... En Chile se mueren por cuestiones así.

Pero yo ya no oía a Romero. Pensaba en Bibiano O'Ryan, en la Gorda Posadas, en el mar que tenía delante de mis narices. Por un instante me imaginé a la Gorda trabajando en un hospital de Concepción, casada, razonablemente feliz. Había sido, contra su voluntad, la confidente del diablo, pero estaba viva. Incluso la imaginé con hijos y convertida en una lectora prudente y equilibrada. Luego vi a Bibiano O'Ryan, que se quedó en Chile y que siguió los pasos de Wieder, lo vi trabajando en la zapatería, probándole zapatos de tacón a dubitativas mujeres de mediana edad o a niños inermes, con el calzador en una mano y una caja de pobres zapatos Bata en la otra, sonriendo pero con la mente en otra parte, hasta los treintaitrés años, como Jesucristo, ni más ni menos, y luego lo vi publicando libros de éxito y firmando ejemplares en la Feria del Libro de Santiago (que

147

no sé si existe) y pasando temporadas como profesor invitado en universidades norteamericanas, disertando en un arranque de frivolidad acerca de la nueva poesía chilena o de la poesía chilena actual (frivolidad puesto que lo serio era hablar de novela) y citándome, si bien entre los últimos de la lista, por pura lealtad o por pura piedad: un poeta raro, perdido en las fábricas de Europa...; lo vi, digo, avanzando como un sherpa hacia la cúspide de su carrera, cada vez más respetado, cada vez más conocido y cada vez con más dinero, en la disposición ideal de ajustar definitivamente las cuentas con el pasado. No sé si fue un ataque de melancolía, de nostalgia o de sana envidia (que en Chile, por lo demás, es sinónimo de la envidia más cruel) pero por un momento pensé que tras Romero podía hallarse Bibiano. Se lo dije. Su amigo no me ha contratado, dijo Romero, no tendría dinero ni para que yo pudiera empezar. Mi cliente, bajó la voz hasta darle un tono confidencial que sin embargo sonaba a falso, tiene dinero de *verdad*, ¿entiende? Sí, dije, qué triste es la literatura. Romero se sonrió. Mire el mar, dijo, mire el campo, qué bonitos. Miré por la ventana, a un lado el mar parecía una balsa de aceite, al otro, en los huertos del Maresme, se afanaban unos negros.

El tren se detuvo en Blanes. Romero dijo algo que no entendí y nos bajamos. Sentía las piernas como acalambradas. Fuera de la estación, en una plazoleta cuadrada pero que parecía redonda, estaban estacionados un autobús rojo y un autobús amarillo. Romero compró chicles y al observar mi semblante demacrado, supongo que para animarme, me preguntó en cuál de los dos autobuses creía que nos subiríamos. En el rojo, dije. Exacto, dijo Romero.

El autobús nos dejó en Lloret. Estábamos a la mitad de una primavera seca y no se veían muchos turistas. Tomamos una calle de bajada y luego subimos por dos calles empinadas hasta un barrio de apartamentos veraniegos, la mayoría desocupados. El silencio era extraño: se oían, distantes, ruidos de animales, como si estuviéramos al lado de un potrero o de una granja. En uno de aquellos edificios desangelados vivía Carlos Wieder.

¿Cómo he llegado hasta aquí?, pensé. ¿Cuántas calles he tenido que caminar para llegar hasta esta calle?

En el tren le pregunté a Romero si le costó mucho encontrar a Delorme. Dijo que no, que había sido sencillo. Todavía trabajaba en París, de portero, y para él todas las visitas eran una fuente de publicidad. Me hice pasar por periodista, dijo Romero. ¿Y se lo creyó? Claro que se lo creyó. Le dije que iba a publicar en un periódico de Colombia toda la historia de los *escritores bárbaros*. Delorme estuvo en Lloret el verano pasado, dijo. De hecho el piso que ocupa Defoe pertenece a uno de los escritores de su movimiento. Pobre Defoe, dije. Romero me miró como si acabara de decir una tontería. A mí esa gente no me da pena, dijo. Ahora el edificio estaba allí: era alto, ancho, vulgar, la construcción clásica de los años del crecimiento turístico, con balcones vacíos y una fachada anónima y descuidada. Allí seguramente no vivía nadie, concluí, náufragos del anterior verano y poco más. Insistí en saber la suerte que iba a correr Wieder. Romero no me contestó. No quiero que haya sangre, masculle, como si alguien me pudiera escuchar aunque éramos las dos únicas personas que transitaban por la calle. En ese momento evitaba mirar a Romero y al edificio de Wieder y me sentía como dentro de una pesadilla recurrente. Cuando despierte, pensé, mi madre me preparará un sandwich de mortadela y me iré al Liceo. Pero no iba a despertar. Aquí vive, dijo Romero. El edificio, el barrio entero estaba vacío, a la espera del comienzo de la próxima temporada turística. Por un instante creí que íbamos a entrar e hice el ademán de detenerme, de cruzar el zaguán de la casa de Wieder. Siga caminando, dijo Romero. Su voz sonó tranquila, como la de un hombre que sabe que la vida siempre acaba mal y que no vale la pena exaltarse. Sentí que su mano rozaba mi codo. Siga derecho, dijo, sin mirar atrás. Supongo que debíamos componer una extraña pareja.

El edificio semejaba un pájaro fosilizado. Por un momento tuve la sensación que desde todas las ventanas me miraban los ojos de Carlos Wieder. Estoy cada vez más nervioso, le dije a Romero, ¿se me nota mucho? No, mi amigo, dijo Romero, está usted portándose muy bien. Romero estaba tranquilo y eso contribuyó a serenarme. Nos detuvimos, unas cuantas calles más allá, a la entrada de un bar. Parecía el único establecimiento abierto del barrio. El bar tenía nombre andaluz y en su interior se intentaba reproducir con más melancolía que efectividad el ambiente típico de una taberna sevillana. Romero me acompañó hasta la puerta. Miró su reloj. Dentro de un rato, no sé cuánto, él vendrá a tomarse un café. ¿Y si no aparece? Viene todos los días, dijo Romero, eso es seguro y hoy vendrá. ¿Pero y si hoy falla? Pues entonces lo volveremos a repetir mañana, dijo Romero, pero vendrá, no le quepa duda. Asentí con la cabeza. Mírelo con cuidado y después me dice. Siéntese y no se mueva. Va a ser difícil que no me mueva, dije. Inténtelo. Le sonreí: sólo bromeaba, dije. Deben ser los nervios, dijo Romero.

Lo vendré a buscar cuando oscurezca. Un poco estúpidamente nos dimos un fuerte apretón de manos. ¿Ha traído algún libro para leer? Sí, dije. ¿Qué libro? Se lo enseñé. No sé si será buena idea, dijo Romero, de improviso dubitativo. Lo mejor sería una revista o el periódico. No se preocupe, dije, es un escritor que me gusta mucho. Romero me miró por última vez y dijo: Hasta luego, entonces, y piense que han pasado más de veinte años.

Desde los ventanales del bar se veía el mar y el cielo muy azul y unas pocas barcas de pescadores faenando cerca de la costa. Pedí un café con leche e intenté serenarme: el corazón parecía que se me iba a salir del pecho. El bar estaba casi vacío. Una mujer leía una revista sentada en una mesa y dos hombres hablaban o discutían con el que atendía la barra. Abrí el libro, la *Obra completa* de Bruno Schulz traducida por Juan Carlos Vidal, e intenté leer. Al cabo de varias páginas me di cuenta que no entendía nada. Leía pero las palabras pasaban como escarabajos incomprensibles, atareados en un mundo enigmático. Volví a pensar en Bibiano, en la Gorda. No quería pensar en las hermanas Garmendia, tan lejanas ya, ni en las otras mujeres, pero también pensé en ellas.

Nadie entraba al bar, nadie se movía, el tiempo parecía detenido. Empecé a sentirme mal: en el mar las barcas de pesca se transfiguraron en veleros (por lo tanto, pensé, *debe de hacer viento*), la línea de la costa era gris y uniforme y muy de tanto en tanto veía gente que caminaba o ciclistas que optaban por pedalear sobre la gran vereda vacía. Calculé que caminando tardaría unos cinco minutos en llegar a la playa. Todo el camino era de bajada.

En el cielo apenas se veían nubes. Un cielo ideal, pensé.

Entonces llegó Carlos Wieder y se sentó junto al ventanal, a tres mesas de distancia. Por un instante (en el que me sentí desfallecer) me vi a mí mismo casi pegado a él, mirando por encima de su hombro, horrendo hermano siamés, el libro que acababa de abrir (un libro científico, un libro sobre el recalentamiento de la Tierra, un libro sobre el origen del universo), tan cerca suyo que era imposible que no se diera cuenta, pero, tal como había predicho Romero, Wieder no me reconoció.

Lo encontré envejecido. Tanto como seguramente estaba yo. Pero no. Él había envejecido mucho más. Estaba más gordo, más arrugado, por lo menos aparentaba diez años más que yo cuando en realidad sólo era dos o tres años mayor. Miraba el mar y fumaba y de vez en cuando le echaba una mirada a su libro. Igual que yo, descubrí con alarma y apagué el cigarrillo e intenté fundirme entre las páginas de mi libro. Las palabras de Bruno Schulz adquirieron por un instante una dimensión monstruosa, casi insoportable. Sentí que los apagados ojos de Wieder me estaban escrutando y al mismo tiempo, en las páginas que daba vueltas (tal vez demasiado aprisa), los escarabajos que antes eran las letras se convertían en ojos, en los ojos de Bruno Schulz, y se abrían y se cerraban una y otra vez, unos ojos claros como el cielo, brillantes como el lomo del mar, que se abrían y parpadeaban, una y otra vez, en medio de la oscuridad total. No, total no, en medio de una oscuridad lechosa, como en el interior de una nube negra.

Cuando volví a mirar a Carlos Wieder éste se había puesto de perfil. Pensé que parecía un tipo duro, como sólo pueden serlo —y sólo pasados los cuarenta— algunos latinoamericanos. Una dureza tan diferente de la de los europeos o norteamericanos. Una dureza triste e irremediable. Pero Wieder (el Wieder al que había amado al menos una de las hermanas Garmendia) no parecía triste y allí radicaba precisamente la tristeza infinita. Parecía *adulto*. Pero no era adulto, lo supe de inmediato. Parecía dueño de sí mismo. Y a su manera y dentro de su ley, cualquiera que fuera, era más dueño de sí mismo que todos los que estábamos en aquel bar silencioso. Era más dueño de sí mismo que muchos de los que caminaban en ese momento junto a la playa o trabajaban, invisibles, preparando la inminente temporada turística. Era duro y no tenía nada o tenía muy poco y no parecía darle demasiada importancia. Parecía estar pasando una mala racha. Tenía la cara de los tipos que saben esperar sin perder los nervios o ponerse a soñar, desbocados. No parecía un poeta. No parecía un ex oficial de la Fuerza Aérea Chilena. No parecía un asesino de leyenda. No parecía el tipo que había volado a la Antártida para escribir un poema en el aire. Ni de lejos.

Se marchó cuando empezaba a anochecer. Buscó en el bolsillo del pantalón una moneda y la dejó sobre la mesa como exigua propina. Cuando sentí que, a mis espaldas, la puerta se cerraba, no supe si ponerme a reír o a llorar. Respiré aliviado. Era tan intensa la sensación de libertad, de problema finiquitado, que temí despertar la curiosidad de los que estaban en el bar. Los dos hombres seguían junto a la barra hablando a media voz (en modo alguno discutiendo), con todo el tiempo del mundo a su disposición. El camarero tenía un cigarrillo en los labios y observaba a la mujer que de vez en cuando levantaba la vista de su revista y le sonreía. La mujer debía de andar por la treintena y su perfil era muy hermoso. Parecía una griega pensativa. O una griega renegada. Me sentí, de improviso, con hambre y feliz. Le hice una seña al camarero. Pedí un bocadillo de jamón serrano y una cerveza. Cuando me lo sirvió intercambiamos unas palabras. Después traté de seguir leyendo pero era incapaz, así que decidí esperar a Romero comiendo y bebiendo y mirando el mar desde la ventana.

Al cabo de un rato llegó Romero y nos marchamos. Al principio pareció que nos alejábamos del edificio de Wieder pero en realidad sólo estábamos dando un rodeo. ¿Es él?, preguntó Romero. Sí, le dije. ¿Sin ninguna duda? Sin ninguna duda. Iba a añadir algo más, consideraciones éticas y estéticas sobre el paso del tiempo (una estupidez, pues el tiempo, en lo que a Wieder concernía, era como una roca), pero Romero apuró el paso. Está trabajando, pensé. Estamos trabajando, pensé con horror. Dimos vueltas por calles y callejones, siempre en silencio, hasta que el edificio de Wieder se recortó contra el cielo iluminado por la luna. Singular, distinto de los demás edificios que ante su presencia parecían encogerse, difuminarse, tocado por una vara mágica o por una soledad más potente que la del resto.

De pronto entramos en un parque, pequeño y frondoso como un jardín botánico. Romero me señaló un banco casi oculto por las ramas. Espéreme aquí, dijo. Al principio me senté con docilidad. Luego busqué su cara en la oscuridad. ¿Lo va a matar?, murmuré. Romero hizo un gesto que no pude ver. Espéreme aquí o váyase a la estación de Blanes y coja el primer tren. Nos veremos más tarde en Barcelona. Es mejor que no lo mate, dije.

.Una cosa así nos puede arruinar, a usted y a mí, y además es innecesario, ese tipo ya no le va a hacer daño a nadie. A mí no me va a arruinar, dijo Romero, al contrario, me va a capitalizar. En cuanto a que no puede hacer daño a nadie, qué le voy a decir, la verdad es que no lo sabemos, no lo podemos saber, ni usted ni yo somos Dios, sólo hacemos lo que podemos. Nada más. No podía verle el rostro pero por la voz (una voz que surgía de un cuerpo completamente inmóvil) supe que estaba esforzándose por ser convincente. No vale la pena, insistí, todo se acabó. Ya nadie hará daño a nadie. Romero me palmeó el hombro. En esto es mejor que no se meta, dijo. Ahora vuelvo.

Me quedé sentado observando los arbustos oscuros, las ramas que se entrelazaban e intersecaban tejiendo un dibujo al azar del viento mientras escuchaba las pisadas de Romero que se alejaba. Encendí un cigarrillo y me puse a pensar en cuestiones sin importancia. El tiempo, por ejemplo. El calentamiento de la Tierra. Las estrellas cada vez más distantes.

Traté de pensar en Wieder, traté de imaginarlo solo en su piso, que elegí impersonal, en la cuarta planta de un edificio de ocho plantas vacío, mirando la televisión o sentado en un sillón, bebiendo, mientras la sombra de Romero se deslizaba sin titubear hacia su encuentro. Traté de imaginarme a Wieder, digo, pero no pude. O no quise.

Media hora después Romero regresó. Debajo del brazo traía una carpeta con papeles, de esas que usan los escolares y que se cierran con elásticos. Los papeles abultaban, pero no demasiado. La carpeta era verde, como los arbustos del parque, y estaba ajada. Eso era todo. Romero no parecía distinto. No parecía ni mejor ni peor que antes. Respiraba sin dificultad. Al mirarlo me pareció idéntico a Edward G. Robinson. Como si Edward G. Robinson hubiera entrado en una máquina de moler carne y hubiera salido transformado: más flaco, la piel más oscura, más pelo, pero con los mismos labios, la misma nariz y sobre todo los mismos ojos. Ojos que saben. Ojos que creen en todas las posibilidades pero que al mismo tiempo *saben* que nada tiene remedio. Vámonos, dijo.

Tomamos el autobús que enlaza Lloret con la estación de Blanes y luego el tren a Barcelona. Durante el viaje Romero intentó hablar en un par de ocasiones. En una alabó la estética «francamente moderna» de los trenes españoles. En la otra dijo que era una pena, pero que no iba a poder ver un partido del Barcelona en el Camp Nou. Yo no dije nada o contesté con monosílabos. No estaba para conversaciones. Recuerdo que la noche, por la ventanilla del tren, era hermosa y serena. En algunas estaciones subían muchachos y muchachas que bajaban en el pueblo siguiente, como si estuvieran jugando. Probablemente se dirigían a discotecas próximas, atraídos por el precio y la cercanía. Todos eran menores de edad y algunos tenían pinta de héroes. Se les veía felices. Después nos detuvimos en una estación más grande y subió un grupo de trabajadores que podían haber sido sus padres. Y después, pero no sé cuándo, atravesamos varios túneles y alguien gritó, una adolescente, cuando las luces del vagón se apagaron. Miré entonces la cara de Romero, se le veía igual que siempre. Finalmente, cuando llegamos a la estación de Plaza Cataluña pudimos hablar. Le pregunté cómo había sido. Como son estas cosas, pues, dijo Romero, difíciles.

Fuimos andando hasta mi casa. Allí abrió su maleta, extrajo un sobre y me lo alargó. En el sobre había trescientas mil pesetas. No necesito tanto dinero, dije después de contarlo. Es suyo, dijo Romero mientras guardaba la carpeta entre su ropa y después volvía a cerrar la maleta. Se lo ha ganado. Yo no he ganado nada, dije. Romero no contestó, entró a la cocina y puso agua a hervir. ¿Adónde va?, le pregunté. A París, dijo, tengo vuelo a las doce; esta noche quiero dormir en mi cama. Nos tomamos un último té y más tarde lo acompañé a la calle. Durante un rato estuvimos esperando a que pasara un taxi, de pie en el bordillo de la acera, sin saber qué decirnos. Nunca me había ocurrido algo semejante, le confesé. No es cierto, dijo Romero muy suavemente, nos han ocurrido cosas peores, piénselo un poco. Puede ser, admití, pero este asunto ha sido particularmente espantoso. Espantoso, repitió Romero como si paladeara la palabra. Luego se rió por lo bajo, con una risa de conejo, y dijo claro, cómo no iba a ser espantoso. Yo no tenía ganas de reírme, pero también me reí. Romero miraba el cielo, las luces de los edificios, las luces de los automóviles, los anuncios luminosos y parecía pequeño y cansado. Dentro de muy poco, supuse, cumpliría sesenta años. Yo ya había pasado los cuarenta. Un taxi se detuvo junto a nosotros. Cuídese, mi amigo, dijo finalmente y se marchó.

TAMBIÉN DE
ROBERTO BOLAÑO

LOS DETECTIVES SALVAJES

Arturo Belano y Ulises Lima, dos quijotes modernos, salen tras las huellas de Cesárea Tinajero, la misteriosa escritora desaparecida en México en los años posteriores a la revolución. Esa búsqueda —el viaje y sus consecuencias— se prolonga durante veinte años, bifurcándose a través de numerosos personajes y continentes. Con escenarios como México, Nicaragua, Estados Unidos, Francia y España, y personajes entre los que destacan un fotógrafo español a punto de la desesperación, un neonazi, un torero mexicano jubilado que vive en el desierto, una estudiante francesa lectora de Sade, una prostituta adolescente en permanente huida, un abogado gallego herido por la poesía y un editor mexicano perseguido por unos pistoleros, *Los detectives salvajes* es una novela donde hay de todo.

Ficción/978-0-307-47611-1

EL TERCER REICH

Udo Berger, escritor fracasado y campeón de juegos de estrategia, viaja de nuevo al pequeño pueblo de la Costa Brava catalana donde pasaba los veranos de su infancia. Acompañado por su novia, pasa la mayor parte del tiempo con su juego favorito: El Tercer Reich. Una noche conocen a otra pareja de alemanes, Charly y Hanna, con quien planean pasar los siguientes días. Pero cuando Charly desaparece esa misma noche, la apacible vida de Udo cambiará bruscamente. Escrita en 1989 y encontrada entre sus archivos tras su muerte, *El Tercer Reich* es puro Bolaño —detectives, personajes extravagantes y un descenso a los infiernos. En su lenguaje, en sus formas y en sus temas podemos ver el germen de futuras obras maestras.

Ficción/978-0-307-47614-2

Cuatro académicos tras la pista de un enigmático escritor alemán; un periodista de Nueva York en su primer trabajo en México; un filósofo viudo; un detective de policía enamorado de una esquiva mujer —estos son algunos de los personajes arrastrados hasta la ciudad fronteriza de Santa Teresa, donde en la última década han desaparecido cientos de mujeres. Publicada póstumamente, la última novela de Roberto Bolaño no sólo es su mejor obra y una de las mejores del siglo XXI, sino uno de esos excepcionales libros que trascienden a su autor y a su tiempo para formar parte de la literatura universal.

Ficción/978-0-307-47595-4

NOCTURNO DE CHILE

Mientras en Santiago impera el toque de queda y una normalidad sólo en apariencia, Sebastián Urrutia Lacroix, sacerdote y crítico literario, miembro del Opus Dei y poeta mediocre, convencido de que está a punto de morir, revisa en una sola noche de fiebre alta los momentos y personajes más importantes de su vida. Pero a medida que la noche avanza, su fiebre va remitiendo y el delirio se atenúa con la aparición de los monstruos de su pasado. Así van desfilando por el libro una serie de personajes pintados con el surrealismo típico de Bolaño: los señores Oido y Odeim, ambiguos encomenderos; un pintor guatemalteco que se deja morir de inanición en el París de 1943; Farewell, el pope de la crítica literaria chilena; María Canales, una mujer misteriosa en cuya casona de las afueras se reúne lo más granado de la literatura; y el general Pinochet, a quien Urrutia Lacroix dio clases de marxismo. Una imprescindible y escalofriante novela, en *Nocturno de Chile* el talento del autor brilla en todo su esplendor.

Ficción/978-0-307-47613-5

VINTAGE ESPAÑOL
Disponible en su librería favorita, o visite
www.grupodelectura.com